講談社文庫

図書室で暮らしたい

辻村深月

講談社

I　週刊エッセイ

III　女子と育児と、もろもろの日々

図書室で暮らしたい

I　週刊エッセイ

日本経済新聞のエッセイ欄「プロムナード」に二〇一三年七月から十二月まで、毎週火曜日、寄稿した文章です。

毎週のエッセイ連載は私にとっても初めての体験でしたが、とても楽しかったです。

富士山とおせっかい

先日、富士山が世界文化遺産に登録された。山梨県出身の私にとっても大変喜ばしいニュースだ。

とはいえ、幼い頃は自分の住む県に「日本一」のものがあると言われても妙に実感が薄く、かえってありがたみがないような気がした。そもそも私の生まれ育った場所は、間に峠《とうげ》を挟むせいで、富士山はかろうじて頭のてっぺんだけが見られる、という程度。麓《ふもと》で育ったわけではない。それでも、学校の遠足などでバスが峠を越えた先に、迫るように見えた富士の姿はよく覚えている。みんなで興奮し、「わあ！」と声を上げて車窓に顔をくっつけた。

富士山のありがたみを本格的に実感し始めたのは、大人になってからだ。二十代の初め、甲府でOLをしていた頃、関係団体の全国会議が富士の麓にある会場で行われることになり、そのお手伝いに私もくっついていった。会議を主催した地元の幹事会社の人たちが、しきりと天気を気にしている。私と違って、同じ山梨県の中でも、まさに富士の麓に住む人たちだ。「ここから見る富士山が一番美しいんです」、「おいしいうどんを食べながら見るならこのお店がオススメで、温泉に入りながらだったらここです」など、こちらが聞く前に地図やパンフレットをたくさん出してきて教えてくれる。

会議当日は快晴。北海道から沖縄まで、集まった参加者を駅でお迎えしてバスで会場まで運ぶ。途中の道でカーブを曲がって、富士山が見える——という場所まで来た途端、車内の空気が一変し、皆が息を呑《の》むのがはっきり聞こえた。「富士山だ！」と、誰かが言った。「大きい」とか「すごい」という言葉ではなく、ただただ繰り返される「富士山だ」という言葉。それだけで、感動と興奮がこちらに伝わってくる。

その時に、初めて気づいた。遠くから来たこの人たちは、これまで富士山を見たことがなかったのだ。それどころか、ひょっとして、今日のこの会議がなければ、一生見ないままだったかもしれない。

天候を気にしていた幹事会社の人たちが、にこにこして、そんなみんなの反応を見ている。富士山を普段から地元で見て、いいところをたくさん知っている者としての小さな使命感から、きっとこれまで多くの人たちを同じように案内してきたのだろう。遠くから足を運んでくる人たちのたった一回の機会が、どうか雨でありませんように、快晴でありますように、と祈りながら。そして、もっと多くの人たちに見てほしいと、ずっと感じてきたはずだ。

山梨県で生まれ育ち、かたわらに富士山の気配を感じ、身近に思ってこられたことは、なんと贅沢《ぜいたく》なことだったろうか、といまさらに気づく。だから私も、おせっかいであることは承知の上で、山梨に県外の友人を招く際には、できる限り、富士山をいい場所で見せたいと願い、詳しい人にいろいろ聞いたりもする。皆、快く「だったらあそこがいいよ」と資料を送ってくれたりする。

世界遺産登録、と聞くと、自分とは遠い場所にある出来事のような気がする。けれど、そのニュースの裏側に、ひとりひとり、富士山を自分のもののように見守り、身近に捉えてきた小さな応援団がいる。世界遺産につながる場所に彼らひとりひとりの顔や、おせっかいな使命感を想像する私は、やっぱり今回のニュースがとても嬉《うれ》しい。

書店員さんのカリスマ性

本屋大賞の影響もあってか、近頃「カリスマ書店員」という言葉をよく聞く。本を読むことのプロである書店員さんの中でも特に影響力が大きい、とされる人たちで、メディアで取り上げられる時には「この書店員さんが宣伝用POPを書いたことから、何万部も売れた！」とか、「ヒット作の最初の火つけ役」といった切り口で紹介されることが多いようだ。

私の本も、これまで多くの書店員さんの手を通じて、読者のもとに届けてもらってきた。私は書店に行っても、なかなか自分の本を誰かが買うところに巡り合えないのだが、書店員さんたちは確実に売り場から私の本を送り出してくれているはずで、それを思うと、感謝とともに、どうぞよろしくお願いします、という気持ちになる。

もともと、私は完全に、自分は本の「中味」しか担当できない人間だと思っている。中味の小説を書き上げたところで、バトンを渡すように編集者に続きをお願いし、活字のデザイン組みや装丁、帯の文句にいたるまで、どんなふうに小説の外側を覆うのかをその道のプロたちに決めてもらう。私が作った中味が、編集者やデザイナーの手を通り、そのバトンが印刷所につながれ――というようにして、いろんな人の手を経て売り場に届き、最終的には、書店さんから読者の元に渡る。

カリスマ書店員、と呼ばれる人たちに会うと、本人はとても謙虚な場合が多い。「カリスマなんて、そんなそんな」と苦笑して、そう呼ばれることに居心地が悪そうにする。

先日、新刊が出て、ある書店でサイン会をした時のこと。ひとりひとり、並んでくれる読者と話しながら、ふと、すごくサインがしやすいことに気づいた。お客さんが話しかけてくれる空気が柔らかく、答えやすい。普段はなかなか向こうから話しかけてくれることが少ないのに――と、顔を上げると、ひとりの書店員さんが、次に並んでいるお客さんに「どこから来たんですか」と話しかけていた。答える声を「そんなに遠くから？　ありがとうございます」と受け止め、「これまでの作品も読んでいるんですか？」「本人にもそう話しかけてあげてください」と笑顔で声をかけている。

彼女と話したことで緊張を解いたお客さんが、私の前に並び、「こんにちは」と話しかけてくれる。だからみんな、雰囲気も声もあたたまった状態で私の前に立ってくれたのだ。

サインの途中、彼女が、話した内容を小声でこっそり「次の方は中学生で、一人で来てくれたそうです」とか、「残業の途中で抜けてきて、この後また戻られるそうです」と教えてくれて、そのおかげで私は彼らとたくさん、話ができた。

サイン会が終わって、その書店員さんにお礼を言うと、彼女は照れたように首を振り、「緊張したまま時間が終わったら、もったいないですから」と教えてくれた。「お客さんと本の話ができる機会はなかなかないから、私も楽しいですよ」と。

思うに、書店員さんのカリスマ性とはきっと、「ＰＯＰを書いたら何万部」のような、わかりやすい数字だけに表れるのではない。本と読者をつなぐ人たちの確かな情熱に接し、中味担当としては、今日も頑張ろうと気合いが入る。

16

赤ちゃんとホラー映画

出産して、気持ちが優しくなり、ホラー映画が観られなくなった、という人の話を聞いたことがある。

私も、妊娠中、自分もそうなるのかなぁと漠然と思っていた。出産後は、実際に仕事でも「出産して何か変化はありましたか」という質問をされることが増えた。生活の仕方が変わることはもちろんだが、この場合は、小説を書くことにおいて変化はありませんか、という意味で聞かれる。

もともと私はミステリ作家。ホラーや推理小説を愛する。出産し、子どもができて、気持ちは多少優しくなった……ような気がしないでもないが、ホラーやミステリに対する思いの方はそのままで、幸い、「ダメになった」ということはほとんどない。殺人事件の話も読むし、猟奇的な映画も、時間が許せば変わらず観ている。

とはいえ、子どもの描写には多少弱くなった。ホラー映画には、幼い子どもが怖さのモチーフとして登場することも多い。頭をうな垂れたり、目を剝《む》いて、暗闇でこちらを見つめる子どもの映像に「ひっ」と息を呑んだことも、これまでは多かった。

出産してからの一番大きな変化は、その際に、それらの子どもを「かわいい」と思えるようになったことだろうか。顔や体を白塗りにした子どもを観て、胸がきゅんとなる。その子役がかわいい、と思う気持ちとも少し違って、「幽霊ってことは、この子はもう生きていないのかな……」と内容にも、怖がるポイントと別に悲しみのポイントができた。

こんなことを思うのは自分だけだろうか、と思って、自分と同年代のホラー好きなお母さんたちに聞くと、これが結構、こういうお母さんたちがいる。「怖い演出のつもりなんだろうけど、もうただかわいいだけなんだよね」という人から、「暗闇から『あそぼ……』って言われると、『いいよー』って抱きしめたくなるよね」という猛者《もさ》まで。

ただ、そんな私も、ホラー映画を観ていて、思わず「ぎゃっ」と叫ぶこともある。

私が映画を観るのは、たいてい、深夜、子どもを寝かしつけてからだ。リビングに一人で座って、静かに映画を観ていると、廊下の向こうから、シュタタタタッと音と気配が近づいてくる。――一度寝た子どもが目覚め、私を探しにやってくるのだ。この不意打ちはすごい。画面の向こうのホラー映画を問答無用で再現されたような気持ちになり、これまでに何度も悲鳴を上げた。他にも、気配なく急に後ろに立たれていて、真剣に叫んで身を引いたことも。そういう時は、たいてい、向こうも驚いている。

子どもがまだはいはいをしていた頃は、このシュタタタタッは、ぺたり、ぺたり、と手を床につく音だった。この時はまだ速度もゆっくりだったので、心の準備をして抱き上げにいくことができた。廊下に出てきた私と目が合った瞬間、子どもが、にこーっと笑う。その顔を見て、映画が中断されたことに後ろ髪を引かれていた気持ちが一気に薄れる。

出産して何か変化はありましたか、という質問に、明確に答えられる日は、まだまだ遠いような気がする。だけどきっと、変化は劇的に訪れるわけではなく、私の場合はこうやって少しずつ、ぺたりぺたりとやってくるのだろう。

うなぎの季節

夏はうなぎの季節だ。

近年はどうやら価格高騰のニュースで注目されているようだけど、そうやってメディアで取り上げられれば、さらに食べたくなるのが人情。昨日の土用の丑《うし》の日、いそいそと近所のうなぎ屋に電話すると、「すいません、この三日間は予約と出前を一切受けていないんです」との返事。さらに四軒ほど電話をかけたが、やはり同じだった。

こんな日に今から予約を取ろうと思う方が非常識だったのか、とがっかり。思えば、昨年の夏、直木賞を受賞した際にも、私はうなぎを食べていた。

実は、そのさらに一年前の夏、同賞にノミネートしていただいた際に食べていた夕飯もうな重。ちょうど出産のため山梨に里帰りしていた時のことで、実家で一緒に結果を待ってくれるという担当編集者とともに、彼女が銀座の有名店で買ってきてくれたうな重を食べた。縁起を担ぐため、「カツでも買っていきましょうか？」と聞かれたのを、私が希望して変更してもらったのだ。「食通で知られる池波正太郎《いけなみしょうたろう》先生が愛したお店のものですよー」と、奮発してもらったうなぎに心が躍った。

さて、うなぎは一般的に、報道される時に、「お店」と「スーパー」、両方のものが紹介される。実は、うちの実家の祖父も無類のうなぎ好きで、夏でなくとも、よく近所のスーパーでうなぎを買ってくる。幼い頃は、そのタレを少しもらってご飯を食べるのが好きだった。その話を知った編集者が、祖父の分もうな重を買ってきてくれていた。

しかし——、である。食べ終えた後の祖父が発した一言に、私は度肝を抜かれた。

「このうなぎはよくなかったな。なんだ？　若いうなぎか？」

そんなはずはない。事実、別室で食べていた私たちはとてもおいしかった。なんだかすごく悔しくなって、私は「おいしいんだよ！　池波正太郎なんだよ！」と祖父に怒鳴ったが、祖父は私が何を怒っているのかわからないようにきょとんとしているだけだった。

思うに、祖父にとってうなぎとは、行きつけのスーパーのうなぎ以外にないのだ。それはもう好みの問題で、お店で丁寧に、ふっくらしているけどあっさりもしていて

——なんて上品さはお呼びでないのであった。

残念ながら、その年の結果は受賞ならず。とはいえ、結果の報を受けるまで、なんとなく緊張してちょびちょび食べていたような重を、受賞しなかったとわかった途端に肩の荷が下りたように一気に空《から》にしたあたり、自分の肝の小ささが知れる。

翌年、またノミネートされた際に再び同じメニューを食べたのは、うなぎに嫌な思い出や、不吉なジンクスを作りたくなかったからだ。その思惑は見事報われたわけだが、受賞後の記者会見でこのことをあけすけに話してしまい、翌日の新聞に「うなぎでリベンジ」と書かれたのはさすがにちょっと恥ずかしかった。

今年、お店の予約が取れなかった私は、スーパーで残り一つになっていたうなぎをどうにかゲットし、キュウリと新生姜《しんしょうが》でうなぎのまぜ寿司を作った。さっぱりしておいしくて、だけど、これもきっとまた祖父の思う食べ方ではないのだろうと思う。祖父の分けてくれたタレごはんは、確かに子ども時代の私にとっても、格別のご馳走だった。

なみせん

夏になり、子どもが二歳の誕生日を迎える前に、夫と三人で海外旅行に出かけた。座席を使わず、膝の上に乗せて移動できるうちに、と。

行き先は、グアム。

抱っこされた子どものご機嫌はまずまずだった。三時間程度の空の旅を眠ってすごしてほしいと、選んだのは夜の便。ご飯を食べ、おなかをいっぱいにしてから、飛行機に乗りこむ。子どもはすぐに、夫の膝の上でだらんと口を開けて眠り始めた。けれど、飛行機が離陸して一時間ほどした頃、子どもが起きてしまった。一度気持ちよく寝てからの目覚めはご機嫌も最悪で、わああと声を上げて泣き始める。馴《な》れない飛行機にひょっとしたら耳が痛いのかも、と雑誌で読んできた対処法を試みたり、夫と二人で宥《なだ》めるも、効果がほとんどない。再び子どもが声量を少しずつ落として眠りにつくまでの間、周りに申し訳ない気持ちでいっぱいだった。夜の便だけあって、灯りを落とした暗い機内は、眠っている人も多そうだった。泣き止むまでの三十分が、ものすごく長かった。

ようやくグアムに到着し、通路で飛行機から降りるのを待つ間、前後に乗っていたお客さんに、「うるさくしてすいませんでした」と頭を下げた。謝る、というのも、それはそれで「謝ったから許してください」という気持ちを押しつけるような気がして、躊躇《ためら》いながら、それでもいたたまれなくて、謝った。するとその時、後ろに座っていた初老のご夫婦が、静かに「いいえ」と首を振った。そして「お疲れさまでした」と、私たちに浅く頭を下げてくれた。

驚く私たちに向け、「何歳なんですか？」と尋ねてくれる。子どもの顔を覗きこみ、「二歳くらいかなって、夫と話してたんですよ」と言ってくれるのを見て、涙が出そうになった。答えると、「ほら、○○ちゃんとおなじくらいだ」と、二人で誰かの名前を話していた。

それ以上長くは話さなかったが、何かの記念旅行なのかもしれない。ひょっとしたら、同じくらいの子どもが身近にいるのかもしれない。

到着した南の島で、うちの子は初めて海に入った。浅瀬の砂と岩の感覚におっかなびっくりしながら、透明な波を足に受けて、「きゃー」と笑う。白い砂を指の間に取り、「あ、あ」と座りこんでこっちを見る。目はずっと、波を追いかけていた。

太陽を受け、たゆたう波の光と色を見て、この美しさをどう表現したらいいだろう、としばらく迷った。小さな魚が、水面《みなも》の波の間をくぐるように泳ぐ様子に、この波は線のようだ、と思ったことで、「波線」という言葉がすでにあることを思い出した。

この波の流れに「線」の形を見て、「波線」という言葉を最初に作った人がいる。おそらくは今の私と同じように、波と線という、はじめは違う場所にあったもの同士を結びつけた瞬間があった。これまで何気なくつかっていた言葉が、急に特別なものに思えてくる。

その夜、日本から持ってきた組み立て式の紙のおもちゃを、子どもに折った。作り方の説明欄に、平仮名で書かれた「なみせん」の文字があって、その四文字が目の隅でふっくら輝いていた。子どもとの初めての海外の思い出が、ほどけるようにその四文字に溶けていく。きれいな言葉だ、と改めて思った。

ドッペルゲンガーの本棚

子連れで初めてグアムに行った際のこと。不思議な体験をした。

私は、旅行中、本を読むのが好きだ。普段は執筆や取材に時間を取られ、たまに読む本も仕事関係の資料が大半という生活をしていると、自分の趣味や、好きなジャンルの本を手に取るのがどうしても後回しになる。旅行の移動は、読書にうってつけのタイミングだ。

もともと、私は三半規管が鈍いのか、乗り物に酔いにくい。船の中でも平気で本を開いて読んでいて、同行者の船酔いに気づかず「あまり揺れなかったね」と後から話しかけて顰蹙《ひんしゅく》を買ったこともある。妊娠中は一時、この体質を失い、新幹線のトイレで座りこんでしまったことがあって、「ああ、もう本を読む旅は二度と無理なのか」と落ち込んだものだが、産後しばらくして元に戻った。

子連れの旅なので何かと気が抜けず、前ほどではなかったものの、今回のグアムでも本は読めた。一般書、と呼ばれる本よりは、SFやミステリを中心としたラインナップをうきうきと鞄《かばん》に詰める。

ところが、である。

今回の旅で最も読みたいと思っていた本を、私は家に忘れてしまった。「ない！」と顔を青くして鞄を覗き込んだが、ないものはない。前の晩に、ちょっとだけ、と開き、そのままベッドサイドに忘れてきたのだ。

読みかけにした本の続きを読めず、気持ちはあてが外れてがっかり。とはいえ、引きずっても仕方ない、とホテルのプールサイドで別の本を読む。ここのホテルには、私が利用した旅行会社の専用ラウンジがあり、涼しい部屋で軽食や飲み物が楽しめる。泳ぎ疲れた夫と子どもとともに「せっかくだから」とラウンジに向かう。中に入り、そして、私は息を呑んだ。

おそらくはいろんな日本人が利用してきたであろうラウンジに、本棚があった。そこに、私が日本に忘れてきた本と同じものがあったのだ。

その本は、俗にいうベストセラーではなく、むしろ、マニアックと分類されてしまいそうなもの。驚いて手に取って、改めて本棚を見ると、そこに並ぶのは一般書と呼ばれる本よりは、ミステリやSFジャンルの小説が大半で、しかもホラーまでもが充実。著者名には、私も大ファンである作家や、同業の友人の名前が多数並ぶ。私の本はないものの、つまりは、まるでわが家の、私の本棚のようなのだった。どんな経緯で集まった本なのか、中には誰かの忘れ物もあるのだろうけど、と想像をかき立てられる本棚の主を、とても他人とは思えなくなる。よく自分にそっくりな人に出会うことをドッペルゲンガーに会う、というけれど、本棚にもそれがあるのか、しかも旅先で。

従業員に聞くと、誰がどうやって集めた本なのか、詳しいことは知らないと言う。もともとあった、という曖昧な答えだが、中には明らかに最近出版されたとおぼしき本も。そうなると、その場に自分の本がないことが無性に悔しくなってくる。ドッペルゲンガー本棚から借りた本を、滞在中に読了。次に来る時には絶対に自分の本を持ってきて、ここに一冊加えようと決意する。まるでよくできた夢のような本棚は、次に行った時にはひょっとしたらなくなっているかもしれない。むしろそうなっていてほしいと思うほどの、夢のような体験だった。

図書館肝試し

　先日、とある町に取材に出かけた際、炎天下の暑さに耐えかねて、図書館に立ち寄った。

　図書館については、本を借りて読むと、購入するのと違って著者の利益にならない、という議論があることも承知のうえで、それでも私は図書館という場所が好きだ。自分自身が十代だった頃に出会った本の多くは、身近に図書館というものがあったからこそ読めたものばかりだし、今新刊を購入したいと思う気持ちの原点となる「本が好き」という思いも、そこで育ててもらった。

　さて、そんなわけで、私は自分に馴染みのないよその町の図書館に行くのも妙に好き。貸し出しカードを持っているわけではないから当然本を借りることはできないのだが、足を踏み入れた瞬間に、その町のにわか住民にでもなったような気持ちになるところがいい。

お祭りや集会や、その町の催しものやお知らせのポスターやチラシも、図書館ではたくさん見られる。この町では、そうかー、子育て中のお母さんが毎週集まる読み聞かせのイベントがあるんだな、とか、本の内容を毎月クイズで出題して、子どもが正解に応じてスタンプをためているらしい、とか、だんだんとその町の雰囲気までもが見えてくる。

ふんふん、と楽しみながら掲示板を眺めていて、ふと、一枚のポスターに目が吸い寄せられた。

「図書館肝試し」と書いてある。

一緒にいた編集者とともに、「ええー！　すごい！」と思わず声が出た。図書館を舞台に、夜、肝試しをするイベントがあるのかと思ったのだ。

深夜の誰もいない図書館というのは、想像してみると怪談の舞台にうってつけだ。闇の中、並んだ本棚の間を乏しい明かりで歩くのはさぞ怖いだろう。つい想像し、参加したい！　と開催日を確認する。そこでおや？　と首を傾げた。開催期間は二週間ほど。どうやら毎日やっているらしい。大変じゃないのかな？　と思いつつ、詳しい説明を読んで、私は自分の勘違いに気づいた。

雰囲気たっぷりのポスターには「包みに隠された本の正体は借りてみるまでわから

ない……。あなたはこの恐怖に堪えられますか?」とある。「怖くて楽しいひと夏の出会い」という文字を見て、理解する。どうやら「図書館肝試し」とは、私が想像したようなものではなく、中を隠した状態の本を一冊選んでもらって貸す、という趣向のイベントであるらしかった。

これはこれで、なんという遊び心だろう!

指定されたカウンター前の一角に行ってみると、なるほど、そこには紙に包まれ、中味が隠された本が並ぶワゴンが。本は、大きいものも小さいものも、分厚いものも薄いものもある。ポスターをよく見ると「人気が高い、順番待ちの本も混ざっています」と書いてあった。

本の一冊一冊は、司書の人たちがこだわって選んだであろうおしゃれな包み紙でプレゼントさながらに包まれ、わざわざその上からまたバーコードのシールが貼られている。

それは借りる人がどんな本であっても、きっと、巡り合った偶然の一冊をおろそかにせず、読むだろうことを信頼しきった「肝試し」なのだ。選ぶ人も真剣に本を選んでいる。

いい町だな、と改めて思った。

豪雨に降られる

この夏の突然の豪雨に、もう何度か、移動中に降られている。夕方、子どもを保育園に迎えに行く時間と重なることが多いからだ。

空が暗くなり、遠くから低く雷鳴が聞こえると、心が騒ぎ、足取りが速くなる。家路を急ぐ人たちとすれ違いながら、どうか、間に合いますように、と祈りつつ、保育園に向かう。

その日も、そうやって保育園に滑り込んだ。他にも迎えに来たお母さんたちが、挨拶もそこそこにベビーカーや自転車に子どもを乗せ、猛スピードで園を出て行く。先生たちが気を利《き》かせてくれ、持ち帰る用の着替えやオムツ、お昼寝布団をすでに鞄に詰めてくれていた。「したくしておきました。急いで！」と渡してくれたが、残念ながら、タッチの差で雨が降り出した。

ザーッという大きな音が、建物の外から響いてくる。子どもを小脇に抱えた、私のようなお母さんが、同じく玄関の前で「あーあ」と残念そうにため息をつく。私も、家に干しっぱなしの洗濯物のことを思って、がっかり。全身から力が抜ける。「今出て行ったら、かえってずぶ濡れだったから、ちょうどよかったかも」「そうですね」「家、お近くですか？」と、それまで一度も話したことがなかったお母さんと、雨を眺めて世間話。その間にも、ずぶ濡れで駆け込んでくる他のお母さんがいて、雨宿りの人が増えていく。

見ていると、大人の私より、子どもの方が、お母さんたちともよほど顔見知りだった。「あ、ひさしぶり」と一人のお母さんがうちの子に言うと、子どもも一人前に「あ」と手を上げて応《こた》える。普段、すぐに園を後にしてしまうからわからなかったが、どの子と仲がいいのかも、雨宿りを通じて見えてくる。雷がゴロゴロと鳴り響き、空が光ると、子どもたちの悲鳴が上がる。ただ、その声の中に、怖がっている声と、興奮してはしゃぐ声が半分ずつ混ざって聞こえる。泣きそうな顔をしてお母さんの腕を摑む子の横で、うちの子は、怖がるふりをして、どさくさにまぎれて雨の中を出て行きたがり、それを止めるのが一苦労だった。

雨がやみ、外がだんだん明るくなる。誰かが、文字通り晴れやかな声で告げた「やんだみたい」という声を合図に、みんな、外に出る。太陽が、木々の間にしたたる雨に降り注ぎ、空も地面も、眩《まばゆ》いほどの光に輝いていた。「じゃあね」「またね」と、さっき初めて言葉を交わしたお母さんたちと、まるで昔からの知り合いのように挨拶して別れる。

一人のお母さんが、妹が乗るベビーカーを押しながら、「お兄ちゃん、やめて！」と坂道を逃げていて、何だろう？　と顔を上げ、はっとする。彼の手の中に、どこで捕まえたのか、手のひら大のカエルが二匹。「お母さん、見て見てー」と持ってこようとしているのを見て、私も「ぎゃー」と叫んで、一緒に逃げた。

逃げながら、息を切らしたそのお母さんに「ごめん！」と謝られ、私も早口で「いいよ。それより、カエルが怖くないなんて勇ましい！」と叫ぶように応える。そのまま、彼女たちと曲がり角で別れる。その間、ベビーカーの中のうちの子は、ずっと笑っていた。

夏の日、突然の雨宿りがもたらしてくれた時間は、思いのほか、悪くなかった。

瀬戸内海のサバ

初夏に『島はぼくらと』という瀬戸内海の離島を舞台にした小説を刊行した。

この小説は、私自身が三年前に瀬戸内国際芸術祭に合わせて瀬戸内海の島を巡った時の経験を糧《かて》にしてできあがったものだ。舞台にした島は実在しない架空のものだし、人物にも特定のモデルがいるわけではないが、それでも目の当たりにした海や人の記憶は強く、それらがこの本を書く支えとなってくれた。

中に出てくるエピソードの一つに、魚屋のおばちゃんがいる。私が取材に行った島では、〝お母さん〟も〝おばあちゃん〟も、島の多くの女性が、親しみを込めて〝おばちゃん〟と呼ばれていた。

魚屋のおばちゃんが、店の水槽からアジを一匹取り出し、客の前でおもむろに首をくきゃ、と折る。魚から少しだけ漏れ出た血を逆さまにして手短に切り、ビニール袋に入れて渡してくれる。この魚の締め方を〝くびおれ〟というそうなのだが、これは実際に訪ねた島の魚屋さんで見た光景だった。

今回、新作にこのことを書くにあたって、「あの魚は確かアジだと思ったけど……」と念のため、実際に島に住む人に確認の電話をすると、「違う、サバだよ」という答えが返ってきて、「え?」と驚いた。「大きすぎない?」と。小説の中で「ぴちぴち」と跳ねている魚は、では本当は「ぴちぴち」ではないのか。

記憶の中で、おばちゃんはものすごく軽々と魚の首を捻っていた。サバを素手で締めるなんてことが可能なのか。それに、私が訪ねた七月は、一般的に言われるサバの旬ともずれている。尋ねると、彼女は笑って、「普通はできないし、旬じゃないけど、あのおばちゃんはサバを愛してるから」と答えた。

「旦那さんが漁師なんだけど、旬じゃなくても、獲ってきた小ぶりのサバを店の奥の水槽で養殖して大きくするんだよね。自分で研究した餌をあげて。だから一年中、旬に近い状態のサバが食べられるの」

サバの方でもそんなおばちゃんのことをわかって、彼女が通るのに合わせ、くるっと向きを変え、いっせいにおばちゃんを見たりするのだという。「魚も懐くんだなあって思う」と彼女が言うのを聞いて、心底驚いた。すごい。

さすがにそこまでの込み入ったことを小説で書くのは難しく、泣く泣く割愛し、魚もアジに変更したが、私は感動してしまった。そこまでの愛情を持って育てていたサバを、あの旅で私はいただいていたのか。確かに脂がのっていて本当においしかった。おばちゃんにとっては、「自分の手で締めて、誰かに食べてもらうのが一番の幸せ」なのだそうだ。

思い出してみると、瀬戸内海のその島で出会ったおばちゃんたちはみんな、太陽の下で顔をピカピカ輝かせていた。日除けの帽子の下で、額も頬も、瞼の上も、さながらラメ入りのファンデーションでお化粧したように見えたが、あれも聞けば、魚のウロコのせいでそう見えるのだそうだ。漁を手伝ったり、加工品を作る仕事をしたり、料理をしたり、働き者であればあるほど、おばちゃんたちは顔がウロコだらけになってキラキラ輝く。

あの場所を舞台に小説を書きたいと思ったわけだよなぁと、思い出すたび、深い感謝に包まれる。

今日は何の日？

今日、九月三日は何の日かご存じだろうか？

ヒントその一。ある国民的スターの誕生日。

ヒントその二。二〇一三年は、彼の生誕百年前ということで大きな話題になった。

ヒントその三。二〇一三年は彼の生みの親である漫画家、藤子《ふじこ》・F・不二雄《ふじお》氏の生誕八十周年にもあたり、記念展が開催。七月には、開催場所である東京タワーが、青白赤と、黄色い鈴の色合いにライトアップされた。


ここまで書けばおわかりかもしれない。今日は、漫画のキャラクター、ドラえもんの誕生日だ。

もともと、ドラえもんは、誕生日を始め、身長や体重など、さまざまな要素が、129・3という数字で統一されている。この数字は、連載当時の小学四年生の平均身長。四年生なのは誰かといえば、言わずと知れた彼の相棒、野比《のび》のび太《た》くんの初期の年齢設定だ。ドラえもんはもともと、このままでは「ろくなめにあわない」未来に陥ってしまう彼の未来を変えるために二十二世紀からやってきた。

ドラえもんの身長、129・3センチは、のび太と同じ目線で、というF先生の考えのもと作られた設定だ。そこに由来して、体重も胸囲も、全部129・3。天敵のネズミを見つけて逃げる速度も、時速129・3キロ。その上で、誕生日も二一一二年九月三日なのである。

さて、私はそんな『ドラえもん』の大ファン。そのせいか、人から「一番ほしい秘密道具はなんですか?」とよく聞かれる。数年前、考えに考えて、「タケコプター」と答えることに決めた。頭の上に竹とんぼのようなプロペラをくっつけ、空を飛ぶことができる道具だ。

大人になると、どうしても、「道具」に対しては「便利さ」のみを求めたくなる。となると、ドアを開けたら望む場所にどこでも一瞬で行ける「どこでもドア」と、本当だったら答えたい。移動の時間と手間が省かれるというのは大変魅力的で、私も打ち合わせに遅刻しそうな時などは、「ああ、『どこでもドア』があれば!」と真剣に思う。

しかし、原作『ドラえもん』を読むと、「どこでもドア」の本質は、「便利さ」にはない気がする。この道具のいいところは、時間や手間を省き、一足飛びに生活を便利にすることではなく、あくまでも名前にある「どこでも」だ。行きたいと願う場所に、外国でも宇宙でも、扉を通してどこでもつながることができる。

そう思って振り返ると、ドラえもんの秘密道具は、どれも単純に「便利さ」を追求していない。「あんなこといいな、できたらいいな」という道具は、むしろ「便利さ」の点からは無駄なものも多く、だからこそ、遊び心がくすぐられる。試しに、子どもに「どの道具が欲しい？」と聞いてみたら、きっと、大人が話す便利さとはまったく違う観点から、様々な道具の名前が出るはずだ。「便利であること」、「役立つこと」だけが物のよさではない。

「タケコプター」は空を飛べるが、不便な道具だ。よく故障するし、長時間使った後には休ませることも必要。しかし、自分の目で景色を見ながら進む、そんな時間をくれる。私はこれからも、「ほしい秘密道具」にこれをずっと答えるような、そんな大人でいたい。

ドラえもん、誕生日おめでとう！

母子手帳にできること

瀬戸内海に浮かぶ島を舞台にした小説を刊行した時のこと。作中に、その島で使っている母子手帳のエピソードを書いた。

実は、この母子手帳の話は、私がとある離島を取材した際、本当に巡り合ったものだ。実際は小説で書いたエピソードとは違っているところも多く、また感銘を受けた点すべてを書くこともできなかったので、ここでそれを紹介させてもらえたらとても嬉しい。

その離島に住むお母さんたちは、母子手帳をものすごく丁寧に書き込む。私も出産経験があり、母子手帳を持っているが、健診の数値を書き込む程度の使い方しかしていなかった。だから、島で最初にその手帳を見た時の衝撃はすごかった。妊娠中から、生まれてくる子どもにどんなことをしてあげたいか、出産後、どんなことがどう楽しかったか、不安だったかをたくさん書いていく。

聞けば、その島には高校がなかった。中学を卒業して進学する場合には、親元を離れ、島を出なければならない。そして、島のお母さんたちは皆、そのことを妊娠中から覚悟している。「この子と一緒にいられるのは、十五歳までだから」と送り出す気持ちを前提に育児をする。

その島で使っている母子手帳は、「親子健康手帳」という名前だった。母子手帳には、健診や予防接種の記録をつける以外にもできることがもっとあると考えた人たちが、「日本の母子手帳を変えよう」というコンセプトのもとに作ったもので、現在、その島以外にも百五十を超える自治体で採用されている。

お母さんだけでなく、お父さんも参加できるようにと考えられた名称が「親子健康手帳」だ。

従来は六歳頃までしか残せなかった子どもの健康記録を成人まで記せるようになっていたり、レイアウトを大きく変更して「その情報が載っていることを知らなかった」ということにならないようにと考えられていたり、特徴はさまざまにあるが、私が最も感銘を受けたのは、最後のページに、子どもに向けた「贈る言葉」を書く欄があることだ。

この母子手帳は、親が自分の記念のために保管するものではなく、巣立つ子どもに贈るものなのだ。成人まで記されたその子の健康カルテも、その時一緒に引き継がれる。

手帳には、冒頭、「お祝いメッセージ」を寄せ書きするページもある。生まれてきた子どもにむけて、両親や祖父母、友人や、時には近所の人も、その子に向けた誕生おめでとうのメッセージを書き込む。

「みんな、語彙がそんなに豊富なわけじゃないから、一言二言なんだけど」とそれを見せてくれたお母さんが恐縮していたが、一目見て、私は圧倒された。「生まれてきておめでとう」とか「とてもかわいいと思ったよ」というメッセージは、確かに一言二言で、しかも横にあるメッセージと内容も重なることが多い。けれど、明らかに違うこと、それは筆跡だった。

「パパより」「おばあちゃんより」と書かれた筆跡が全部違う。お年寄りのものは少し震えていたり、まだ幼かったであろうお兄ちゃんのものがダイナミックにはみ出した丸ひとつだったり。

自分が生まれてきたことを、それぞれの人がそれぞれの立場で喜んだことを知る、それは素晴らしい、記録の手帳だった。

おもてなしの一杯

先日、実家の山梨に戻って地元の温泉に行った時のこと。

よく利用する町営の温泉施設は、座敷の食堂を備えていて、よく風呂上がりの人たちがビールを飲んでいる。お風呂上がりの定番としてコーヒー牛乳を思い浮かべる人も多いと思うが、私もビールではなくコーヒー牛乳派。

もともと私は、お酒がまったく飲めない。アルコール分解酵素がほとんどないらしく、飲むと肌が赤くなって痒《かゆ》くなる。幼い頃からいろんな映画や本の中で「おいしい」とされ、見てきた未知なるお酒が自分に無縁なものであると知った時の嘆きは深かった。子どもの頃、初めて炭酸飲料を口にした日、ぴりっとした刺激に「お酒ってひょっとしてこんな感じかな」と思った気持ちのまま、今日まで微妙な憧れを抱えて過ごしている。

そういえば、妊娠中につわりのつらさを「気持ち悪いのにお腹は減っていて白米みたいなしっかりしたものを食べたい」と訴えると、友人から「それは二日酔いと似ている」と言われた。またそれまで強かったはずの乗り物にも妊娠中よく酔ったことから、「二日酔い」と「乗り物酔い」の、二種類の「酔い」を、私は飲酒を禁止される妊婦の身にして、人生で初めて知ったことになる。その時はつらくてたまらなかったが、今にしてみるといい経験になった。

さて、そんな私だから、もちろん風呂上がりのビールのおいしさというのも長らくわからなかった。

いつものように温泉に入り、家族と待ち合わせた座敷で、たこ焼きや枝豆を食べる。ちょっとした居酒屋のようで楽しい。私はお酒が飲めないものの、チーズやお刺身や、酒のつまみと呼ばれるものが大好き。夫も「ここのビールはグラスをキンキンに冷やしてくれるから本当においしい」とご機嫌だ。

そうだ、今日はコーヒー牛乳ではなくてコーラを飲もうと思い立ち、食堂で注文をする。するとその時、従業員の男の子がふと、私に尋ねた。

「凍ったジョッキで飲みますか?」

彼の手に、みんなが飲んでいるのと同じビールジョッキが。「え?」と驚きつつも、尋ねられるままに「はい」と答えると、彼がそこにコーラを注《そそ》いでくれた。

思わず、うわあ、と声が出た。

注がれるコーラが、冷えたグラスの底の方で一瞬にして凍り、薄い氷がぱきぱきっと音を立ててできる。「おまちどおさま」と出されたコーラを席に戻って一口飲み、そして、ひゃー！　と叫んだ。ものすごく、冷たくておいしい。

みんなの飲んでいた風呂上がりのビールもこんな感じなのかもと思ったら、嬉しくてたまらなかった。見れば、あちこちで私と同じように凍ったコーラを飲む人たちが。中にはメロンソーダを飲む子もいる。

冷えたグラスのサービスは、普段と値段を変えずに行われているようだった。一緒にいた妹が私から一口もらって、「おもてなしってこういうことだね」と言い、にこっと笑う。ああ、本当だ、と私もため息が出る思いだった。

おもてなしのキンキンに冷えたコーラは、相手が何を喜ぶのか考えたうえでなければ出てこない発想だろう。風呂上がりの一杯を平等に飲ませてくれてありがとう。心からお礼を言いたい気持ちで、杯をあおる。

靴を履く

結婚したり、子どもが生まれたりして、女性がおしゃれに気を遣わなくなることの象徴に、よく、「ヒール（踵《かかと》の高い靴）を履かなくなる」ことがあげられる。「ヒールなんてもう何年も履いてないよ」、というような言い方で。

私も、それまで履いていたヒールの靴を、妊娠・出産を機にほとんど履かなくなった。けれど、不思議とおしゃれを下りている気持ちになることは少ない。なぜなら、世の中には、ヒールがないかわいい靴が今、溢《あふ》れに溢れているからだ。配色の美しいスニーカーや、多様なモチーフのバレエシューズ。有名ブランドが出しているぺたんこ靴は、手近なヒール靴よりよほど高額だ。

中には、お母さんになろうと関係なく、ヒールの靴で上手に歩く人もいるだろうし、もちろん、楽な方向に流れずおしゃれをする、という意味において、「ヒールの靴」は相変わらず燦然《さんぜん》と輝くおしゃれの象徴だろう。それでも、そろそろ、ぺたんこ靴の贅沢というのも知られていい頃だよなぁと、ファンとしては思う。

さて、この頃はぺたんこのレインシューズもよく見る。ビニール素材でできたレインシューズは、色合いも鮮やかなものが多い。おしゃれなのに濡れても平気、しかも長靴より蒸れにくいとなれば、人気になるのも当然だ。私も一足持っている。

うちの子が通っている保育園では、朝夕、やってきたお母さんが脱いだぺたんこ靴が玄関に並ぶ。ある雨上がりの夕方、お迎えで玄関に入ると、そこに私の履いてきたのと色違いのレインシューズが脱いであった。あ、誰か私と同じお店で買った人がいるんだなぁと、私も靴を脱ぎ、子どもの待つ部屋へ。玄関に戻ると、そこでちょっとした騒ぎが持ち上がっていた。

うちの子より少し大きな兄弟二人が、「えー、増えてる!」と大声を上げている。私と、彼らのお母さんの色違いのレインシューズを交互に眺め、「どっちが本物だ⁉ママのだ⁉」と首を傾げていた。困り顔の彼らのお母さんが「うん、かわいいね。だけど、一つはママのじゃないから持っちゃダメ」と止めるが、興奮した兄弟は靴の周りを行ったり来たりしながら、増殖する靴の謎と格闘していた。そのうち、最近母親の靴がわかるようになったうちの子も加わって、三人で靴の周りをぐるぐる、ぐるぐる、さながら靴祭りといった様子で回り始める。そのうち、お兄ちゃんの方が「ママの靴と同じ人がいるのかー」と納得した様子で、私に「はい、どうぞ」と眺めていた靴を返してくれた。

帰り道、彼ら兄弟とそのお母さんと途中まで歩く。話題は自然と靴のことになり、「ぺたんこの靴は楽ですよね」と話しかけると、「選び方を間違えると、むしろヒールより疲れますよー」と言われた。

「ヒールだったら最初からある程度覚悟して歩きますけど、踵が低いと、その油断で痛い目をみます。革が硬かったり、脱げやすかったり」

なるほど、言われてみれば確かに私も似たような経験をしたことがある。ヒール靴でもぺたんこ靴でも、共通して、おしゃれには覚悟がいるということか。ならば、決してがんばっていないわけではないんです、とこれからますます胸を張って歩こうと、レインシューズで水たまりを踏みつつ、思った。

テレビ越しに同窓会

　学生時代の友人たちと話をしていると、時折、不思議な感覚に襲われる。好きだった小説をそのまま仕事にしてしまったからだろうか、それはまるで、みんなが大人になっていく中で、自分だけが〝子ども〟にとどまっているような感覚だ。私は学生時代を舞台にした小説を書くことも多く、登場人物の心情を通じて、青臭い葛藤や淡い悩みに、社会人になった今でも対峙し続けている。

　皆がとっくに卒業した時間に、私ひとりがしがみついているような気後れを人知れず感じていたのだが、そんな中、先日、私の小説がドラマ化された。そして、その第一話が撮影された場所が、私の母校である千葉大学だった。

　大学時代の友人に、一人か二人くらいはそのことを話したものの、ほとんど連絡していなかったのに、放映されてみて、周りからの反響の大きさに驚いた。私の携帯電話に、ひっきりなしにメールが入ってくる。その多くに「感動した」とか、「嬉しい」という言葉が並んでいた。

「母校が映るって思ったら、嬉しくなっちゃって、学生時代の友達にあちこちメールしちゃったよー」

「○○ちゃんから連絡が来て、録画したよ。大学、ほとんど変わってないね。懐かしい」

「あのベンチ、よく座ってお昼を食べたよね。食堂の壁、塗り直してあって驚いた」などなど……。放映された日の夜は、さながらテレビ越しの同窓会のようだった。何年も連絡を取っていなかった友人からも、「こんなことでもなかったら、もう二度と大学の様子なんて見られなかったかも。テレビで見せてくれるなんてありがとう」と言われ、「こちらこそ！」という気持ちになる。


大学時代、母校は確かに私の好きな場所だったが、それと同時に、どこか〝私の場所じゃない〟という思いもあった。私などよりよほど充実した青春を送る人たちのもの、という気持ちもあった中で、こんなふうに大学を振り返る機会を皆に提供できるとは光栄だ。そのうち、「今度、みんなで大学に行かない？」と誘う連絡がきて、あっという間に話がまとまっていく。

さて、その一方で、私の友人の中には、劇団に所属しながら、卒業後十年以上経《た》った今も同じ町に住み続け、大学を馴染み深い場所と感じている人もいる。おととし、劇団をやめることにした、と連絡が来て、彼が最後に舞台に立つのを観に行ったが、その彼からもドラマの放映後、連絡があった。「みんなにとっては懐かしい場所なんだろうけど、僕にとっては、ようやく今になって飽きてきたという感じ。これで心置きなく田舎に帰れるよ」

彼は今、資格試験の勉強の真っ只中で、今度の試験に受かったら、実家に戻って就職するつもりだという。私たちにとっては「懐かしく、変わっていない」大学も、間近で見てきた彼の目からすると、改築した校舎があったり、元はあった建物がなくなっていたり、もう自分の知る大学ではないのだと教えてくれた。

室生《むろう》犀星《さいせい》の詩の、「ふるさとは遠きにありて思ふもの」という一節を思い出す。母校もまた、自分と遠くなって初めて愛おしく思い出せる存在なのかもしれない。そんなことを思いながら、この秋、かつての同級生たちと大学を訪ねる計画を立てている。きっかけをくれたドラマ化に感謝！

ジャムを煮る

九月の終わりから十月初めの今の時期にジャムを煮る。月末と月初は仕事の締め切りと重なることも多く、必然的に毎年「この忙しいのに！」と悲鳴を上げながら台所に立つことになる。

私の実家は、山梨の果樹農家で、今は祖父が一人で桃とすももを作っている。初夏から秋の初めにかけて、様々な品種の桃やすももが二週間ごとに収穫時期を迎えるため、東京にあるわが家は、食べても食べても果物が届く、という状態になる。桃やすももの他にも、ぶどうもいろんな種類が山ほど。近所のぶどう農家からもらった分が送られてくる。

このことを人に話すと、たいていの人に「うらやましい」と言われる。もちろん、私としてもありがたい。それでも夫婦二人と二歳児一人、というわが家ではひっきりなしに送られてくる果物を食べ尽くせず、また、打ち合わせや取材が立て込み、家を留守にする期間が続くと、果物をすぐに受け取れない。「届いたか？」「ごめん、まだ受け取れてない」「じゃあダメになるじゃないか」という電話のやり取りが続くと、双方にストレスがたまる。

そんなわけで、この時期に会う仕事相手には「これ、もしよかったら」とせっせと果物をお裾分けすることになる。「すごい！　これ、デパートで桐箱に入って売られてるヤツと同じじゃないですか？」と言われたりもするのだが、そうなると今度は「ああ、そんな高級品に私はありがたみが麻痺しているのか……」と妙に落ち込む。

食べすぎたせいか、うちでは、最初「桃だよ！」というと目を輝かせて喜んでいた二歳児までが、夏の終わり頃には、すももの並んだお皿を前に「もーもぉー」と顔をしかめて首を振るようになった。

秋になって送られてくるぶどうは、夏までの粒がはち切れそうなほどにつやつやとしたあの勢いがなくなり、箱を開けた途端に、それまでの瑞々しさより、熟しきった甘い香りの方がふわんと薫るようになる。こうなると、さすがにわざわざお裾分けするというのが憚《はばか》られるようになり、だから、私はジャムを煮る。

子どもに夕ご飯を食べさせた後、スマホで締め切りの迫るエッセイの執筆をしながら、台所でコトコト、砂糖と果汁が煮詰まるのを待つ。「この忙しいのに」とぶつぶつつ、贅沢な文句を漏らしながら。

ジャムももちろんたくさんできてしまうので、親しい友人に久しぶりに連絡を取って、「仕事帰りに寄ってくれない？」と頼む。気が置けない友人たちは「わかったー」と軽やかに答え、長居することもなくジャムだけ受け取って去っていく。「大きくなったなー」とうちの子の頭をなでる彼女らを見て、果物やジャムの授受のみで会う友人たちというのも、私には結構いるなぁと思う。「この忙しいのに」と口にしながら、祖父の果物が、時間を切り詰めて彼女たちと会うきっかけになっている。「一体うちを何人家族だと思ってるんだろうね」と大量の果実を前にため息をつくと、友人の一人から「そうやって、あなたが怒るのを見るところまで含めて、私にとってはこの時期の風物詩だよ」と言われた。

半泣きになって仕事を前倒ししてまでジャムを作り、友達に会う。そして、この贅沢な悩みとももうじきお別れ。そろそろ、ぶどうが届く季節も終わりだ。祖父には今年も大いにお世話になった。

悩ましいレストラン

　仕事場の近くにあるイタリアンにランチを食べに行った時のこと。

　最近知ったそのお店は、一度編集者との打ち合わせに使ったもので、野菜がおいしく、店員さんも爽やかな対応をしてくれた。午前中に締め切りを一つ終えた解放感も手伝って、うきうきと店に向かう。しかし、扉を開けて、「おや？」と首を捻った。

　前に訪れた時には、ほぼ満席だったはずの店内に、その日は客が私一人だけ。

「やってますか？」と聞くと、テーブルクロスを直していたウェイトレスが「あ、大丈夫ですよ」と、窓際の、景色のきれいな席に通してくれた。「今日はこちらがオススメで、こんなものをご用意していて」とメニューを丁寧に紹介してくれ、私も注文する。料理が来るまでの間、本でも読もう――とページを開いた瞬間、その声が聞こえた。

「やだぁー、もう、◯◯くんてばぁ」

「え?」と思わず顔を上げる。

ここのレストランはワンフロアで、厨房も見える。声は、先ほどまで冷静な声で私にメニューの紹介をしてくれていた彼女のものだ。

「ああー、そうだよね。そうだよね、〇〇くんの言う通り。でもさ、この間の女の子ってさ」

「いや、〇〇さんだからこそそう思うんですってば」

とか、なんとか。話している内容はこちらにはよくわからないが、ともかくそれは他人にとっては「じゃれ合い」としか聞こえないもので、それがあまりに目に(耳に?)余る。ひょっとして、客が私一人だから? 舐《な》められているのか? と、居たたまれない気持ちになってくる。

そこに、料理が来た。普段から小心者の私には珍しく、頭の中はそれまでどう言って注意するか、ということばかり。とはいえ、食べ終わってから言おうかな、と、黙って、パスタを一口食べる。そこで私は、テーブルにつっぷしそうになった。

——おいしい。

今年食べたパスタの中で、一番、おいしい。野菜が新鮮で、甘みが濃厚。それが辛い味付けとよく合う。

厨房のおしゃべりは、だけどその間も止まらない。それが楽しい話題ならまだしも、「誰々がムカツク」という言葉が何度も出てきて心臓が痛い。聞こえていないと思えるほどには、厨房と席は離れていない。

注意するべきかどうか、迷いながらパスタを食べ終えたその時、ウェイトレスがお皿を下げにきた。厨房の声の主と同じ人とは思えない、上品な微笑《ほほえ》みで「いかがでしたか？」と尋ねられる。つい、「ものすごくおいしいです」と答えてしまう。するとその時、彼女の顔に、ふわっと明るい笑みが広がった。

「よかった。おつきあいのある農家から直接いただいている野菜なんです。来月になると、今度はこんなものも届くので――」と、熱意溢れる声で話してくれる。なんと彼女はこの店舗のオーナーだった。

そして、厨房に戻るとまたおしゃべりが始まる。

店を出る私に、彼女は会計のおつりを渡しながら「素敵な腕時計ですね」と話しかけ、かつ、私の姿が見えなくなるまで、店先でしばらく見送ってくれた。――何なんだろう、このギャップ。私に対する会話というだけなら、接客は百点なのに。料理は百二十点つけてもいいのに。

実に悩ましい。このレストランに通い続けるかどうかを、私は今、迷っている。

インタビューの心得

先日、知り合いのライターと食事をしていた際、「今後の参考に、これまで受けたインタビューで印象が悪かったものを教えてくれませんか」と言われた。なんでも彼はその日、ある人へのインタビューに失敗し、取材を途中で打ち切られてしまったのだという。こんなことはライター人生の中でも初めてだと、ひどく落ち込んでいた。

私は驚いてしまった。彼とは付き合いも長く、作家になってすぐの頃にいい記事を書いてもらって以来、たびたびお世話になってきた。よほどその人との相性が悪かったのか。

実は私にも、「打ち切ってしまえばよかった」という、彼とは逆の立場から悔いが残るインタビューを受けた経験がある。友人を気の毒には思ったものの、その意味では、「怒って取材を打ち切る」判断をしたその人に少し憧れないこともない。

私が「悪い」と思うインタビューは、あらかじめ、聞き手の中でもう答えが決まっている、という場合が圧倒的だ。こちらの答えにはさほど興味がなく、自分が書きたい内容への確認作業のように質問をしていく。思った通りの答えが引き出せない場合は、引き出せるまで何度も同じ質問を繰り返したりして、こちらの様子に「察しが悪い」と、苛《いら》つくそぶりも隠さない。その上で答えを明らかに聞き流しているので、こちらが話している間、目が泳ぐのが特徴だ。気持ちがもう次の質問に移っているのが伝わる。

「自分の中に答えがもうある」インタビューは、ベテランの過信によるものではなく、むしろ、経験の浅い聞き手に多い。誰かに怒られたり、私の友人のような失敗をまだしたことがないがゆえの、根拠のない自信によるところも大きいのだろう。独断による思い込みが強いせいか、相手の答えを決めつけてしまう。こういう人は、自分の経験値のなさを無意識に知っているせいか、難しい単語を無理に多用したり、取材対象について知らなかったこともすでにわかっていたふりをしてしまったりするので、本来なら聞き出せるはずの話を聞けずに終わってしまって損をすることも多そうだ。

逆に、これまで受けた「良い」インタビューを思い出すと、そういう取材をしてくれる人は皆、早いうちから自分が知っていることと知らないことを、わかりやすい言葉で示してくれる。それを受け、こちらも「では、あの話をしましょうか」と方向性が決められる。

私は、多くの人がそうであるのと同じように、誰かに面と向かって怒るのが苦手だ。これまで何回か、席を立ちたくなったインタビューを受けた時も、打ち切る意気地がないまま、結局は最後まで答えてしまった。本当だったら、彼らのためにも怒った方がよかったかもしれない。昨年、阿川佐和子さんの『聞く力』がベストセラーになった際には、怒るのは無理でも、相手を呼び止めて「これ、もしよかったら」とあの本をそっと嫌味のように手渡すことくらいはできるんじゃないかと、そんな自分を夢想して憂さを晴らしていた。我ながら陰湿だ。

インタビューに限らず、人は本来、誰かに自分のことを聞いてもらえるのは嬉しいはずだ。仕事でも日常会話でも、「あなたに興味がある」という態度を示すことから関係は始まる。自分自身への戒《いまし》めも含め、忘れないようにしたい。

ばいきんまんのマーチ

アンパンマンの生みの親、漫画家のやなせたかし先生がお亡くなりになった。謹んでご冥福をお祈りしたい。

訃報《ふほう》に接した翌日は、子どもの保育園で会うお父さんお母さんたちともその話で持ちきり。きっと多くの幼稚園や保育園で見られた光景だろう。子どもたちの持ち物には、アンパンマンのお弁当箱や鞄なども多く、子どもたちもやなせ先生の名前をアンパンマンとセットで知っている。

『アンパンマン』という作品の魅力については、多くの人がいろんな言葉で語っているが、二歳になるうちの子にとってはまず、〝食べ物がおいしそう〟という要素も大きい。保育園で知り合う子たちの多くも、「天丼」や「小籠包」を、キャラクターの「てんどんまん」や「ショウ・ロン・ポー三兄弟」を通じて覚えていて、食べたことのない多くのものを目と呼吸ですでに知っている。大人の私が観ていても、毎週放映される『アンパンマン』はおもしろい。

さて、ヒーローものにとって不可欠なのが魅力的な悪役。アンパンマンにも、ばいきんまんというライバルがいる。彼のことを好きだという子も結構いて、実は、私もばいきんまんから毎度目が離せない。

ある日の放送のこと。ライバル・アンパンマンの打倒に燃える彼が、憎々しげにこう呟《つぶや》いた。

「アンパンマンはみんなの太陽。アンパンマンは輝くヒーロー……」

みなさんだったら、この後に、何と続くと思われるだろうか。私はてっきり、「気にくわない」とか「いまいましい」とか、そんなところだろうと思った。しかし、我らがばいきんまんは毅然《きぜん》とこう言い放った。

「そんなやつに、この俺様が負けてたまるか！」

この叫びを聞いて、私は感動してしまった。ばいきんまんの悪の姿勢にはブレがなく、彼の中では「太陽」であることや「輝く」ということは、何ら嫉妬するような魅力的なことではないのである。むしろ「イケてない」ことに分類され、自分の価値観とは違う、憎むべきこととして捉えられている。

思えば、アンパンマンの世界に出てくるヒーローたちは、皆、優しくて人格者ぞろい。きっと、ばいきんまんが「ごめんなさい。もうしません」と一言謝れば、これまでの軋轢《あつれき》など何もなかったように彼を許すだろう。その世界の中で曲げることなく、自分の考えを貫くというのは並大抵のことではないなぁ、と大人になった今、思う。うちの子もそんなばいきんまんの悪の哲学に敬意を払ってか、彼がアンパンマンに負けて「バイバイキーン！」と空に飛ばされて消えていく際には、「ババーイ！」と舌足らずな挨拶で、彼に手を振る。

アニメのセリフだから、ここで書いたばいきんまんのセリフは、やなせ先生ご本人が書いたそのものではないかもしれない。しかし、アンパンマンにおけるばいきんまんの自由さが、私は大好きだ。それぞれの立場がぶつかり合いながら共存している、ということを、勧善懲悪のヒーローものからこうも感じられるなんてすごいことだと思う。

アンパンマンもばいきんまんも、ともに、これからもずっとずっと、私たちのような多くの親子にとってのヒーローであることを、ファンの一人として、願ってやまない。

東京會館《とうきょうかいかん》の思い出

秋は、結婚式のハイシーズンだそうだ。かく言う私も数年前の秋に挙式した。東京丸《まる》の内《うち》にある宴会場、東京會舘は、芥川賞と直木賞の記者会見が行われる場所で、その憧れもあって、結婚式の会場に選んだ。その頃すでに作家デビューしていた私は、おこがましくも、担当してくれたウェディングプランナーに、「いずれ、直木賞の時に帰ってきます」と軽口を叩いていた。まだ今ほど著作もなかった私に対し、けれど、彼女も、他のスタッフも、「お待ちしております」と笑顔で応じてくれた。

選んだ理由はもちろんそれだけではなくて、東京駅が近く、遠方のゲストを呼ぶのに条件がよいことや、会場の窓から見える皇居の美しさを田舎から来る祖父母にも見せたい、という気持ちもあってのことだった。出版業界では文学賞のパーティー会場としてよく知られたせいか、招待した編集者の何人かから「普段のパーティーではあまり料理が食べられないから、こんなにおいしいなんて知らなかった！」と声をかけられるのも嬉しかった。

それから四年経ち、私は直木賞を受賞することが決まり、記者会見に臨《のぞ》むため、東京會舘に向かった。

タクシーを下り、建物を見上げる。「私、結婚式もここだったんですよ」と伝えようと、かつて漠然と思い描いていたが、それは口にしないで済んだ。なぜなら、同行してくれた担当編集者は、私の披露宴にも出席してくれた人だったからだ。私が想定していた〝未来〟はもっとずっと先のはずで、きっと横には見知らぬ人がいるはずだと無意識に思っていた。想像の未来よりずっと早く帰ってくることができたのだと気づき、信じられない気持ちになる。

記者会見を終え、東京會舘を後にする時、「おめでとうございます」と支配人の男性から声をかけられた。「ありがとうございます」と答えながら、さすがにもう覚えてもらっていないだろうと、「私、実は結婚式もここだったんです」と口にすると、彼らが、「はい。お待ちしておりました」と力強く頷《うなず》いてくれた。「○○も喜んでおりますよ」と、当時担当してくれたプランナーの名前を彼らが口にするのを聞いて、感慨が胸に迫り、言葉が出なくなる。彼女はもう退職してしまったそうだが、授賞式に送ってくれた祝電に「帰ってきます、という言葉の通りになりましたね。おかえりなさいませ」とあって、また胸がいっぱいになった。

さて、その東京會舘が、丸の内本館の建て替え計画を発表した。今の建物での営業は平成二十七年の一月まで。その後三年間の建て替え期間を経て、三十年春に営業を再開する予定だという。直木賞の会見場も、その期間は変更になるそうだ。

私はあまり信心深い方ではないが、それでも世の中には不思議な縁や巡り合わせというものがあると思っている。私の話したたわいない言葉を見守り、東京會舘という場所の力が後押しして、私をあの会場での記者会見に間に合わせてくれたような、そんな気が、勝手にしている。

建て替えに入るまでの期間、まだ何度か足を運ぶだろうけど、新たに営業を再開する際には、今度は私が東京會舘に「おかえりなさい」と言いたい。今の建物への名残《なごり》を惜しみつつ、感謝を込めて、心から。「お帰りをお待ちしております」と伝えられたら嬉しい。

日刊エッセイ

この欄の執筆を担当させてもらうようになってから、たまに「毎週エッセイを書くなんて大変ですね」と言われることがある。

職業として作家を選んだ以上、毎週のエッセイはむしろ光栄なことだが、そういえば、私は仕事とは別に毎日エッセイのようなものを書いているな、と思い至った。

それは、子どもをお願いしている保育園への連絡帳だ。

夕食のメニューや就寝時間、朝の体温などを書いた上で、「家庭から園へ」と、子どもの家での様子を記す欄がある。寝る前にこの欄を書くことが、今、私の日課だ。字数にして、原稿用紙の半分から一枚くらいだろうか。何しろ毎日のことなので、中には書くことが思いつかない日もある。何を書こうか、たっぷり一時間くらい悩む時もあって、これでは仕事のエッセイと同じではないか、とはっとしてしまう。義務ではないから、そんなに真面目に書く必要はないのかもしれない。何も変化が見当たらない日は「特になし」と書いてもいいかもしれない。しかし、直接見たわけではないけれど、きっと多くの家庭が、この欄を私のように悩みながら、毎日しっかり書いていると思う。

なぜなら、連絡帳には「園から家庭へ」の欄もあり、先生方が、毎日子どもの保育園での様子を丁寧に知らせてくれるからだ。自分の知らないところで子どもが何の遊びをして、どんなふうだったのか。私が小器用に文章としてのまとまりを考えて書く言葉などより、よほど生き生きとした文章がそこに綴《つづ》られている。驚くのが、先生たちの語彙が豊富なことと、漢字の多さ。キーボードを打つことに馴れてしまった私が平仮名にしてごまかしてしまうような字も、楷書で正確に書かれている。そこに力強いプロの経験を感じる。

おそらく、子どもがお昼寝をしている、保育園が束の間静かなひとときを使って書いてくれているのだろう。たくさんいる子どもの様子をひとりひとり思い出し、考えながら。

保育園で知り合ったお母さんの一人に、お迎えに向かう時のことを「毎日、デートの待ち合わせをしてるよう」と喩《たと》えた人がいた。迎えに行った子どもと目が合った瞬間、ぱっと顔を輝かせてこっちに来るのを見ると、仕事の疲れが一気に吹き飛ぶのだそうだ。そして、私もお迎えのこの瞬間が好き。家に帰り、連絡帳を開いて先生たちの書いた欄を読むのは、もはや、好きな作家の日刊連載を追う気持ちに近い。

だから、きっと、どの家庭でも、先生たちの書いてくれたものに見合う文章を返したい、と、熱心に「家庭から」の欄を書き込む。こちらもまた、日刊連載か、先生との文通のような気持ちで。

そうやって、私たちは、自分の子どもに向き合う機会をもらっているのだと思う。少し考えれば、書くことが何もない日は一日だってない。出産当初、「仕事で子どものことはあまり書きたくない」と頑《かたく》なになっていた私も、そんなやりとりを通じ、自然と気持ちがほぐれていった。

とはいえ、うっかりして連絡帳を自宅に忘れてしまう時もたまにあって、そんな時は朝からテンションがものすごく下がる。その日の読み手を失った自分の文章を思って、「私の作品が」という気持ちになる親は、職業に関係なく、多分、私だけではないはずだ。

なりたい大人

どういう大人になりたいですか、という質問をかろうじてまだされる。この先の四十代、五十代で自分がどんな小説を書いているのかはまだまったく未知の世界だが、「なりたい大人」と聞かれて、ふっと、ある女性像が思い浮かんだ。

先日、仕事で京都を訪れた際のことである。何ヵ所も取材先を巡る旅になることを思って、私はヒールのない靴を選んだ。まだ新しく、革が少し硬いけれど、デザインも色もかわいいし、試着した際には問題がなかったし――と、出かけてすぐ、後悔。甘かった。昔から、「遠足には馴れた靴で」と言われていたじゃないか。硬い革が足の甲を圧迫して、それがじわじわ効いてくる。

ものすごく気に入って買った靴だったせいか、取材先で会う人たちからも「素敵な靴ですね」と褒められるのだが、そこで「ありがとうございます」と答えつつも、彼らと別れた途端、歩みが遅くなり、靴を引きずるはめになる。情けない。

同行していた編集者が、見かねて、「少し休みましょう」と、カフェに寄ってくれる。席に着くと同時に、靴のストラップを緩めると、足がふーっと、痛みから解放される。けれど、三十分弱の休憩を挟んで、すぐにまた同じ靴を履くのかと思うと、気持ちはやはり憂鬱《ゆううつ》だった。「大丈夫ですか？」と気遣ってくれる声に「平気です」と答えつつも、足も気持ちもボロボロ。「先にお会計をしておくので、ゆっくり来てください」という声に甘えて、のろのろとストラップを留めようと身を屈めたその時、横から「あの」と声がした。

隣の席を見ると、上品な雰囲気のマダムが。「絆創膏《ばんそうこう》、ありますよ」と、控えめに手に示し、微笑んでいる。驚いて目を見開く私に、困ったように笑いながら「ごめんなさいね、聞こえちゃって」と続ける。

なんて素敵な、と絶句した。

「では、いただいてもよいですか？」

心遣いが嬉しくて言うと、「どうぞ」と一枚、渡してくれた。「かわいい靴だから、履き込んで早く馴れるといいですね」と。

その後の取材は、その絆創膏一枚のおかげで、気持ちがだいぶ明るくなった。相変わらず痛かったけれど、あのマダムに会えたのだから、と足を引きずるのもやめた。

そういえばまだ学生の頃、友人と二人で就職活動の合間に入った喫茶店で、同じようなことがあった。スーツ姿の友人が、「先に行っているね」と席を外した瞬間、横に座っていた年配の女性から「ちょっといい？」と話しかけられた。穏やかに微笑む彼女がそっと「一緒にいたお友達の、背中のしつけ糸がそのままだから、あなたが切ってあげるといいわよ」と教えてくれた。

いきなり他人に言われて、当人が恥をかくといけないと思ったのだろう。連れの私だけを呼び止めるその気遣いに感動し、こういうさりげない声かけができる大人になりたい、とその時に思った。

上の世代からの注意や気遣いは、しばしば「老婆心」という言葉で本人が表したり、それをうるさく感じる人もいるのかもしれない。けれど、こうした女性たちの目線から学べることを、私もまた下の世代に返せる大人になりたい。人と人とのつながりが希薄になったと言われる世の中にあっても、こんなふうに、ふっとつながることができるのだと、彼女たちは教えてくれる。

怖い夢

こんな夢を見た。

夏目《なつめ》漱石《そうせき》の『夢十夜』の有名な書き出しである。それを意識して、というわけではないけれど、今日は私の見た夢についての話を書く。

保育園に子どもを通わせる母親にとって、「お迎えを忘れる」ことほど怖いものはない。実際に忘れたことはないものの、私は夢に二度見ている。以下、夢の話であるから、どうか安心して読んでいただきたい。

一度目に見た夢では、私は仕事で都内近郊の山に来ている。下山し、地元の駅に着いて時計を見ると、保育園のお迎えの時刻を十五分過ぎている。青くなり、携帯電話を確認すると、園からはすでに多数の着信が。これまで、「あと何分！」と急ぐようにしてお迎えに駆け込んだことは何度かあったものの、時間を過ぎている経験は初めてで、しかも、ここから保育園まではどうあがいてもあと一時間はかかる……というところで、目が覚めた。

その夢も充分に怖かったが、二度目に見たものがまたすごく怖い。

私は、とあるテレビ番組の収録に立ち会っている。以前取材させてもらったプロデューサーが番組を録り終えるところを、スタジオの隅っこで最後まで見守り、出演者たちと笑い合って楽しく過ごす。——と、そこからまるで、夢が一部と二部のように内容が切り替わるのだ。

スタジオを出たところで夢は終わらず、私は自分が保育園のお迎えを忘れていることに気づく。時間はもう、夜の十時すぎ。遅刻なんて言葉では済まされないほどの大遅刻に、携帯の着信を確認するのももどかしく、園に急ぐ。まだ、我が子はきちんと預かってもらっているだろうか。園の外に出されていないだろうか、と泣きそうになる。やがて、「すいません！」と息せき切って玄関に飛び込むと、うちの子は一番年配の先生に抱っこされ、保育園で待っていた。この段階で、夢の中の時計は十一時を回っている。

先生に申し訳なくて、どう謝ればいいかわからず、「ごめんなさい、本当にごめんなさい」と早口で繰り返す。先生は怒らない。そのことにほっとしたのも束の間、先生が腕に抱いたうちの子の顔を覗き込んでこう言うのだ。

「ねぇ。誕生日だったのに」

　そこで、夢が終わる。

　この夢を見た後、起きてからしばらく動悸がおさまらなかった。そもそもうちの子の誕生日はまだなのに、なぜこんな夢を見たのか。言いようのない罪悪感みたいなものが、その日一日、ずっと抜けなかった。

　この話を保育園で知り合いのお母さんに話したところ、「ぎゃー」と叫ばれた。怖すぎる、というのである。「私も似たような夢は見たことがあるけど、何、そのオチ」と言われ、「そうだよねぇ」と私も苦笑したが、その数日後、今度は別のお母さんから「聞いたよー。あの夢の話」と話しかけられた。「聞いた私の方が気になっちゃって、今日はできるだけ早めにお迎えに行こうって思った」と言われ、なんだか保育園内で都市伝説のように広まっていくな、とまた苦笑。きっと私や、うちの園だけでなく、多くのお母さんが子どもを気にかけ、常に忘れ物をしているような緊張感を持って日々を過ごしている。

　響く人と響かない人がいるかもしれないが、何かの戒めのような、この「怖い夢」。夢で、本当によかった。

結婚式スピーチ

結婚式に出席するのが好きだ。

自分の友人がどんな家庭に育ち、どのような日々を過ごしてきたのかを一度に見られる。親しい間柄であっても知らなかったようなその人の別の一面を見られるのは新鮮だし、同時に、結婚のお相手の人柄を知ることができるのも楽しい。その意味で、結婚披露宴とは、互いの親族や友人たちに、自分たちがどんな生き方をしてきたかをまさに「披露」する場なのだろう。

数年前、結婚式を題材にした小説を書いた時のこと。結婚式をする理由についてあちこち取材をする中で、「せっかくの機会だから」というものを多く見た。「自分のために人が集まってくれる機会は、一生のうちで、生まれた時と、結婚式と、お葬式。そのうち自分の記憶に残せるのは結婚式だけだから」というものだ。

まだ二十代前半の頃、友人の披露宴で、彼女の父親の上司という人が、スピーチで新婦の名前を最初から最後までずっと間違えて呼んでいるのを聞いたことがある。おそらく、立場柄いろんな人の披露宴で祝辞を述べるのだろう。スピーチの中で話すのは一般的なお祝いの言葉だけで、彼女自身に関する具体的なエピソードは一つもなかった。結婚式とはそういうものだと言われたらそれまでかもしれないが、さすがにこれはちょっと寂しい。披露宴における祝辞の役割は、形式張った礼儀正しさよりは、その人を身近に感じられるものであることの方が、私のような世代には受け入れやすい。

さて、そんな結婚式のスピーチだが、光栄なことに、ここ数年は私も依頼されることが増えた。

先日出席した私の担当編集者の式で、スピーチを終えて席に座っていると、新婦のお父さんがお礼の挨拶に来てくれた。「こちらこそ、いつもお世話になって――」と頭を下げたその時、ふっとあることが頭をかすめ、「あ」と声が出そうになった。

新婦のお父さんに、本当に深くお世話になっていたことを思い出したのだ。その時期、彼女と作っていた新刊で、ある職業について知りたいことが出てきた際、彼女が「父の友人にその職業の人がいるので聞いてみますね」と申し出てくれた。それから数日して、その人からきたという返事を見せてもらって、私は驚いた。

手紙は、友人の娘から自分に問い合わせがあったことを喜ぶ感謝が綴られ、その上で、周りの詳しい人に聞きながら、丁寧に質問への答えをまとめてくださる様子が細やかに記されていた。その手紙は、彼女とお父さん、そのお父さんとご友人、それぞれがいい関係を結んでいることがわかる、素晴らしい手紙だった。

――ああ、このことをスピーチで話せばよかった！　と後悔した。彼女の人柄も、そのお父さんの人柄も周りの人に伝わる、とてもいい話だったのに。

結婚式スピーチでこんな反省が残ることは初めてで、後日、「ごめんね。もし次に何か披露できる機会があったら話すから」と言うと、苦笑した彼女から「結婚式に次があったら困ります」と至極真っ当に返された。でも言いたかった、とまだ思うほど、ああ、私はこの友人のことが好きなんだなぁと思う。結婚式も披露宴も、改めて、驚くほど当人の人柄が出るものだと思い知った出来事だった。

子ども番組の楽しみ

子どもが生まれてからというもの、子ども番組以外のテレビをあまり観なくなってしまった。ニュースやドラマを大人が観ていると、子どもがいかにもつまらなそうに唇を尖《とが》らせ、「ん、ん」とリモコンを親のところまで持ってきて、自分の好きなあの番組を観せろ、と迫ってくる。

このままじゃ、好きなドラマの録画だけがたまる一方で、周りとも話が合わなくなるなぁと危惧したのだが、それがそうでもない。同じくらいの子どもがいる友人や仕事相手とこれらの番組の話をすると、これがものすごく盛り上がるのだ。

「『〇〇』って番組知ってます?」

「あ、知ってます。あのアニメのクオリティー、ものすごく高いですよね。キャラクターの衣装をあのデザイナーさんがやってるし」

「『△△』の番組は、音楽をあの人が担当してるんですよね」

そう、今の子ども番組は大人も夢中になるようなスタッフ、キャストが勢揃い。子どもはもちろん、大人にとっても見応えがある。「子ども騙し」という言葉があるけれど、実際の子ども向けのエンターテインメントはどれも、「騙す」という考えの対極で作られている。大人以上におもしろいものに敏感な子どもに、大人の目から見ても〝本当にいいもの〟を届けようという誠実な熱意を感じる。そもそも、スタッフに今をときめく人たちの名前が並んでいることだって、調べればわかるという程度で、それを売り物にはしていない。

先日、とある先輩作家のホームパーティーにお邪魔した際のこと、入り口にうちの子も夢中になっている子ども番組のキャラクターたちのヌイグルミが飾ってあって、「えぇー」と声を上げた。それまで知らなかったのだが、そのキャラクターは彼によって描かれた子たちだった。あれだけお世話になっているのに、と自らの不明を恥じつつそのことを伝えると、彼は笑って「児童作家は小説家と違って、作家名じゃなくて、作品やキャラクターにファンがつくからね。僕の名前は意外と知られないままなんだよ」と教えてくれた。

そのパーティーには、実際にそのキャラクターを動かし、番組の形にするスタッフの人たちも来ていた。その番組は毎日一分という短い時間の中で一つの話を届けるスタイル。その一分間を、うちの子どもは毎朝食い入るように観ている。スタッフの方たちにお話を伺ったところ、「一分間で起承転結をつけなければならないので難しいのですが、作り手が安易な方向に流れてはいけないと思っています」と教えてくれた。「短い時間のお話だと、最後は誰かが失敗して、それを笑っておしまいにするのが楽なのかもしれないのですが、失敗で終わる話は一つも作らないように心がけています」

それを聞いて、はっとした。

これまで観てきた何百という話の中で、確かに失敗で終わっているものは一つもない。最後はキャラクターみんなが別のことで「あはは」と笑顔になって終わる。そのことをこちらに気づかせることなく、さりげなく続けてきたという事実に驚嘆した。

子ども番組の作り手たちはおそらく、縁の下の力持ちなのだ。子どもにたとえ言葉として理解されなくても、そこに込めた思いが作品の力によって届くという信念を持っている。思えば、私が子どもの頃もそうだったのかもしれない。すごいことだと、振り返って感謝する。

幕間《まくあい》の楽しみ

　たまに観に行く演劇の、幕間が好きだ。長い演目の場合、途中に挟まる二十分か三十分くらいの休憩時間。直前まで観ていた幕切れの高揚感を引きずったまま、皆がトイレやドリンクコーナーに並ぶ。

　この時間を最初に好きだな、と感じたのは、何年か前に修学旅行の一団と一緒になった時だ。制服姿の女の子たちが「さっき、泣いてたでしょ?」「泣いてないよ」と赤い目をこすりつつ話す様子が微笑ましく、すごくいいと思った。

　さて、そんなふうに幕間の時間までも楽しんで帰ろう、という私にとって、格別に楽しいのが歌舞伎。新しくなった歌舞伎座に、先日ようやく行くことができた。

　歌舞伎は昼の部でも夜の部でも、食事の時間と重なるため、予約した歌舞伎座内の食堂に行く人、席でお弁当を広げる人、さまざまな幕間の過ごし方が見られる。思えば、作家になって間もない頃、お世話になっている先輩作家に誘われて飛び込んだのが、私の歌舞伎初体験。よくわからないまま、当日何の準備もなくやってきた私に、その人が「これ、買ってきたよ」と崎陽軒のシウマイ弁当と月餅《げっぺい》をくれた。横浜近くに住むその人は、歌舞伎鑑賞のたびにこれを持参して、同席する相手と食べるのを楽しみにしているそうだ。

その時の経験が印象的だったので、以来、私も歌舞伎を観にいく際には、お弁当を買って席で食べる。たとえ一人で観に行った時でも、周りのお客さんたちの「さっきの舞台のここがよかった」、「誰々を観るのはこれで何回目」といった話を聞くのはおもしろい。歌舞伎座で売っているお弁当を開く人を見ると、「お。私は違うのにしたけど、そちらにしたんですね」と目が向いてしまう。どこか遠くのご当地弁当を持っている人を見ると、歌舞伎のために上京してきたのかな、東京駅経由？　と、そこでも想像は膨らむ。他人の持ってきたお弁当を意識するなんて、まるで子どもの頃の遠足のようだ。

先日私が観に行った回で、すぐ後ろから「おにぎりは二つずつ食べていいんだって。お母さんが入れてくれたから」という声が聞こえ、振り返ると、十代後半と思《おぼ》しき女の子と、そのおばあさんらしき二人連れの姿が。女の子の母親であり、おばあさんの娘である〝お母さん〟は家でお留守番なのだろうか。おにぎりの他にも、たくさんのおかずが詰まっていそうなバスケットを手にした孫娘に、おばあさんの方が「あんたはこれ初めて観るかもしれないけど、私はもう何回もこの芝居を観てて」と見どころを説明している。それを聞く女の子も、笑いながら「小さい頃はおばあちゃんのおつきあいだったけど、今は役者さんの言葉もだいたいわかる」と答えていて、近くに居合わせただけの私にも、彼女たちがどんな家族なのかが見えてくる。

みんなが今日という日を楽しみにして、同じ時間を共有していることが実感できる三十分。緞帳《どんちょう》の披露があると、周りの人が舞台に次々現れる緞帳の刺繍に同じタイミングで「きれいねぇ」、「かわいい」と声を揃える。幕が上がると、再び、私たちは静かになる。

バラバラのお弁当をそれぞれの形で食べていた私たちが、今、同じものに夢中になっていることが伝わる不思議。

幕間は、やはりおもしろい。

言葉の力

さて、この欄で私が連載を受け持つのもクリスマスイブの今日が最後である。私事で恐縮だが、毎週のエッセイ連載は私にとって初めての経験だった。締め切りは守れるのか、書くことが尽きてしまうのではないか。そんな不安があって、私のこの連載は、実は毎週ごとではなく、毎月月末に翌月分の四週か五週分をまとめて担当者に渡す、という方法をとっていた。

もし臨時に時事ネタや季節のあれこれについて書きたいことが出てきた場合には、すでに提出してある分に挿入してもらう形だ。

たとえば、七月。土用の丑の日にうなぎがどのお店も予約がいっぱいで取れなかったことを、私が、かーっとなった気持ちのまま当日に書いて送ると、「せっかくだから、明日の掲載になるようにしましょう」と、担当記者が二時間ほどで校了してくれ、季節感がぶれないよう、翌日の夕刊に間に合わせてくれた。その安心感があって、執筆を担当したこの半年は、「次はあのことを書こう」、「このやりとりはエッセイに書けるな」と、日常の小さな出来事ひとつひとつに目を向ける習慣がつき、文章を書く体力をだいぶつけてもらったように思う。

いろんな人の協力により執筆してきた新聞連載は、今まさに紙面の向こう側とつながっているという実感に満ちた、楽しい経験でもあった。

小説の取材で訪れた町でたまたま入った図書館の試みに感銘を受け、そのことを書いた際には、その図書館で働く職員の方から、こちらが恐縮してしまうような、丁寧なお礼の手紙をいただいた。

中に、「私たちは図書館員ですから、本の力、書いたものの威力についてよく知っているつもりでしたが、今回のことで、『ペンの力』についてあらためて実感しました。いいことだからよかったのですが、逆の事態だったらと想像すると恐ろしいものがあります」とあって、その言葉がそのまま我が身に跳ね返る思いがした。自分の筆から紡ぐ「言葉の力」の持つ責任を、忘れてはならないと切実に感じる。

そしてまた、言葉というのはおもしろいものでもある。

うなぎの記事を間に合わせてくれた私の担当記者は、あまり長いメールを書かない人で、まとめて渡した記事についても、感想を返信するようなことはほとんどなかった。掲載スケジュールや校正についてのみを事務的にやりとりしていく。

普段、小説をやりとりする文芸の編集者は、電話やメールで長く感想をくれ、打ち合わせをすることが多いため、最初の一ヵ月は、それをちょっと味気なく感じたりもしたものだが、だからこそ、彼が時折、「私も今度、グアムに行くんです」とか「いつも、楽しいエッセイをありがとうございます」と内容について触れてくれると、その一行がとても嬉しかった。詳細な感想がなくても、それだけで毎回丁寧に読んでもらっていることが伝わる。それでいて、掲載時期の季節感を大事にしてくれたり、校正について的確に対応してくれた彼の人柄が、それらの言葉から滲《にじ》む。雄弁じゃない方が伝わることがあるなんて、言葉とは不思議で、そしてあまのじゃくなものだ。

馴れない執筆者の手探りの連載におつきあいいただき、ありがとうございました。少し早いですが、どうぞ皆様、よいお年を！

II 好きなものあっちこっちめぐり

――本と映画、漫画やアニメ、音楽も。

犬と恐怖の記憶

コナン・ドイル『バスカヴィル家の犬』（光文社文庫）

　子どもの頃、読んだ本の内容が怖くて夜眠るのが怖かった、という思い出を持つ人は多いと思うけれど、私にとって、『バスカヴィル家の犬』はそんな一冊だ。

ダートムアに出現する魔犬の伝説。化け物のような犬の目はらんらんと燃え、牙と遠吠えが霧の荒野に響き渡る。子ども心に、事件の舞台となる寂寥《せきりょう》とした大地の閉塞感や鬱屈が本から伝わり、登場人物たちの不気味さも加わって、ドキドキしながらページをめくった。

　小学校の図書室に並んだ名探偵ホームズのシリーズは人気で、常に誰かが何巻かを借りている状態だった。私はそれらを一冊ずつ、タイトルや表紙に惹《ひ》かれるまま読んでいったが、『バスカヴィル家の犬』を手に取ったのは中でも最後の方だった。それまでの短編集と比べて、まだ長編を読むことに慣れていなかった私は、不安に思いな

がら本を開いた。

いつまでもいつまでも読み終わらない、と思ったことを覚えている。

短編の事件と違って、初めて読む長編のホームズは、解決の時が来るのかどうかもわからないくらい、私にとっては長い長い、未知の恐怖とともにある読書体験になった。今も読んでいた当時の、長い悪夢を見ているような気持ちをよく覚えている。怖いのに目が離せないという気持ちが、読書にとっての最強のスパイスになるのだと初めて知った。

それから二十年近く経った今、作家になり、ホームズの話をいろんな人とすると、皆がそれぞれに『バスカヴィル家の犬』についての思い入れを聞かせてくれる。

数あるホームズのシリーズの中でも、この長編に魅せられる人がこんなに多いのはなぜなのか。一言では説明が難しく、長らく疑問に思っていたのだが、つい最近、私の中で腑《ふ》に落ちる答えが出た。

それは、日暮雅通《ひぐらしまさみち》さんの新訳による『バスカヴィル家の犬』を手に取った時のこと。裏表紙に書かれたあらすじ紹介にこうあった。

「これまで何度も映画化された、最も有名で人気のある長編」

それを読み、ああ、と納得する。不明にして私は『バスカヴィル家の犬』の映画自体をそこまで観たことがないのだが、これってつまり、数ある金田《きんだ》一耕助《いちこうすけ》シリーズの中でも、『犬神家《いぬがみけ》の一族』が特に何度も映像化されることと近いのではないだろうか。幻想的とさえ言えるような雰囲気を持つ田舎の町での、恐怖と紙一重の不可解な謎から目をそらせなくなる。最後まで作品に引き込まれる。

二つの傑作ミステリの存在を並べてみたことで、なんだかとても嬉しくなった。日本と英国。場所は違えど、私たちは同じように恐怖の感覚に魅入られることで物語を愛する者たち同士なのだ。

これは発見ではないだろうか、と早速、友人のミステリ読みに意気揚々と話す。

「ホームズシリーズにとっての『バスカヴィル家』の位置って、つまりは金田一で言うところの『犬神家』の位置なんだよ」

説明する私に、相手が笑う。

「ああ、同じ『犬』だから？」

違うよ。もちろん、違う。

色つきの一週間

武鹿悦子・文　西巻茅子・絵
『おひるねじかんにまたどうぞ』（小峰書店）

六月とか九月とか、春とか冬とか。本来色がないものに色のイメージを持つ人は、なんとなく幸せな気がする。

私の場合、月火水木金土日の曜日に、全部色がある。しかも月曜日はきかんぼ、水曜日は泣き虫、というような個性まで。特に私が想像力豊かだからというわけではなく、それはたぶん、この本のおかげだ。『おひるねじかんにまたどうぞ』は、物心ついた頃から家にあって、私の一番のお気に入り絵本だった。

保育園でのお昼寝の時間が大嫌いな主人公のところちゃんが、「げつようび」という名前のうさぎに「いいところへいこうよ」と草原への旅に連れ出される。現れるのは、どこか保育園の友達に似ている「かようび」「すいようび」「もくようび」……という名の、個性豊かなうさぎたち。もうおわかりのことと思うが、私が持つ各曜日の色と個性のイメージは、このうさぎたちの服の色と性格だ。

大人になって改めて読むと、「かようび」は火だから赤く、しかも怒りんぼで、「すいようび」は水色で、だから泣いてばかり……、とわかりやすく連想できるうさぎもいる。けれど、幼い頃はただただこのうさぎたちのことが好きで、実際のカレンダーとこの本を結びつけて考えることさえなかったと思う。それでも、私が何曜日の次に何曜日が来るのかを順番通り覚えたのは、この絵本のおかげだ。三つ子の魂百まで、とはよく言ったもので、以来、私は今日まで、うさぎの色と個性で曜日を認識し、一週間を過ごしてきた。

学校に通っていた頃や、OLをしていた時、ああ、また一週間が始まる、と緑色の服を着た「げつようび」に草原に連れ出してもらえることを期待し、「かようび」のごとく火曜日の勉強や仕事をかっかとこなす。週の真ん中は月火ほどの元気もなく、けれど休みまでまだ間があるために、泣き虫の「すいようび」のように憂鬱になり、木曜日は、週末の予感に胸を弾《はず》ませながら、ちょっとあまのじゃくな「もくようび」よろしく、学校や仕事が少し楽しくなってくる。彼らをイメージすることで毎日を過ごし、そして、ああ、待ちわびていた日曜日。絵本の中の「にちようび」は他のうさぎよりも少しだけふくよかで、私たちをほっと包むような優しいピンク色の服を着ていた。

ぼろぼろになるまで読み込んでいたこの本を久しぶりに開いたら、発行日は一九八〇年二月二十日とあり、それは私が生まれた一九八〇年二月二十九日の、九日前の日付だった。

当時の最新刊を買ってくれていたんだなあと両親に尋ねると、「これは司書をしていた大叔母さんが、お前が生まれた時に買ってくれたんだよ」と教えてくれた。この本に巡り合えたことも、また、たくさん持っていた絵本の何がいつ、どういう経緯でうちに来たかを正確に記憶している両親にも、私は大事にされ、誕生を喜ばれた子どもだったんだなあと思う。

色つきの一週間を過ごせる私は、やはり幸せだ。

お姫様のゼリー

まだらめ三保『おひめさま　がっこうへいく』（ポプラ社）

物語の中に出てくる食べ物に、憧れを抱く人は多いだろう。『ぐりとぐら』のカステラや、『赤毛のアン』のいちご水やスミレの花の砂糖漬け。『ホームズ』シリーズに登場する、気付けのためのブランデー。

大人になると、そこに登場する食べ物の多くは、現実に口にできるようになる。だけど、遠い日の憧れの記憶は強く、実際に食べるよりもずっとおいしそうなものとして記憶の隅に残り続ける。

私にとって、まだらめ三保《みほ》さんの児童書『おひめさま　がっこうへいく』のゼリーは、その最たるものだ。

この本と出会ったのは小学一年生の頃。湖に浮かぶ島にある小さな学校に通うお姫様は、生徒が自分一人であることに嫌気が差し、「これじゃ友達もできないわ」と脱

走を試みる。脱走の方法に選ぶのは、大量の〝ゼリーの素〟。湖をゼリー状にして、その上を歩きながら逃げていく。靴のヒールがくぽん、と湖にはまり、穴を空けるところがかわいく、ぷるぷるに光る湖一面のゼリーがきれいでおいしそうで、子ども心に憧れた。

気付けのブランデーと違って、ゼリーは子どもだって食べられる。当時のわが家にも、お中元などでいただいた箱いっぱいのゼリーがあったが、しかし、私は現実のそれにはまったく興味がなく、〝お姫様のゼリー〟を昔から今日まで、現実には存在しない、未知なる美しい食べ物と捉え続けてきた。

そんなことを、その年の読書感想文に書いた。すると、結果は校内入選。学年で一番だと言われて、全校生徒の前で読み上げることになり、照れくさくも嬉しかった。

するとその時、クラスメートの男子の一人が近づいてきて、私に言った。

「本当は俺の作文が一番だったんだけど、難しいことがたくさん書いてあるから、一年生らしくて子どもっぽいお前に今回は譲ってやれって、先生に言われたんだ」

彼は、私とは別の幼稚園から来た子で、〝頭がいい〟とずっと言われていた子だった。その年、課題図書だった戦争を扱った本で読書感想文を書き、内容は忘れてしまったが、確かにとてもうまかった。みんな、彼が入選すると疑っていなかったし、彼自身も、それはそうだったのだろう。私に言うとき、唇を尖らせた彼が、少し、涙目になっていた。

私は驚き、そうだったのか、と打ちひしがれると同時に、もっと大きなショックに胸を貫かれていた。その子は、私の初恋の相手だった。

当時の担任の先生が、彼に本当にそんなことを言ったのか。今となってはもうわからない。

しかし、あれから二十年以上の時が流れて、ふと、このことを思い返し、嬉しくなることがある。あの時は初恋が破れたショックのことしか考えなかったけど、今になればわかる。

学校の作文のような真面目な課題で、先生は彼が書いた難しいテーマの感想文と、私の書いたぷるぷるのゼリーの感想文を比べて、私の方を選んでくれたのだな、と。

大人は絶対、そんなことをしないと思っていた。真面目で重く、たくさんの悲しみや苦しみを踏まえたメッセージに比べ、私が思う本の楽しさはふわふわと軽く、きっと相手にされないと思っていたのに。

あの時の彼には申し訳ないけれど、そのことに、私は今の仕事をしていて何度も励まされる。軽くて楽しく、おいしいものは強い。そう確信できることがとても幸せで、お姫様のゼリーは、だからますます尊いものとして、私の胸に今も輝き続けている。

「モモちゃん」から「赤ちゃん」へ

松谷みよ子・文　東光寺啓・絵
『のせて　のせて』（童心社）

松谷《まつたに》みよ子《こ》さんといえば、私にとって、長い間「『ちいさいモモちゃん』の作家さん」だったのだが、子どもが生まれたこの数年で、我が家ではすっかり「『あかちゃんの本』の作家さん」になった。『いない　いない　ばあ』や『のせて　のせて』、『もしもし　おでんわ』。

車好きな息子は特に『のせて　のせて』が大好きで、うさぎやくまと一緒に「のせてのせて！」と自分も一緒に手を上げ、車を止める仕草を真似する。「チュチュチュチュ」と親子で現れるねずみのかわいらしさ、トンネルに入って「トンネルトンネル……」「まっくらまっくらまっくら……」と続く言葉のリズミカルさに、読み返すたび松谷さんのすごさを感じる。短い中にぎゅっと力強い魅力が詰まった文章は、子どもが思わず覚えて口にしたくなるような楽しさに溢れているのだ。

我が家にはそんな松谷さんのご本がたくさんあるが、実は、自分で買ったものは一冊もない。すべて、息子が生まれた際に、友人や知人が新しくプレゼントしてくれたからだ。贈ってくれた人たちは皆、「僕が小さい頃大好きだったので」「うちの子がこれを読んであげるとご機嫌だったから」と、自分の幸せな思い出を添えてくれた。

そんな幸せな記憶を、世代を超え、家を超えてつないでくれる松谷さんのご本が、これからも読み継がれていきますように。

私もきっと、友人に子どもが生まれたら『のせて　のせて』をきっと贈る。

〝公共〟の『ウォーリー』

マーティン・ハンドフォード
『ウォーリーをさがせ！』（フレーベル館）

この本を好きでない子どもなどいるのだろうか。私が小学生だった頃に出版されたこの絵本は、いつも低学年から高学年の子まで、大勢の子どもが作る輪の中心にあった。

しかし、大人気だった『ウォーリーをさがせ！』を、私は心ゆくまで楽しめた、と思えたことが実は一度もない。なぜなら『ウォーリー』を読むのはいつでも図書室だったから。他の子たちが、さがした『ウォーリー』に鉛筆やペンで丸をつけてしまうのだ。これは今考えると相当にひどい。楽しみにしていたミステリで、冒頭に犯人をバラされるようなものだ。もちろん丸をつけた子も悪気があってそうしているわけではなく、夢中になってつい、という感じなのだろうが、私はやっぱりちょっと残念だった。同じ思いをしている子どもは、今も昔もたくさんいるはずだ。病院の待合室

や飛行機の中などで子ども用に用意された『ウォーリー』にも、不思議なもので、開くと、決まって誰かが先回りして丸をつけている。

いつか、丸をつけられた〝公共〟の『ウォーリー』ではなく、自分だけの絵本で心ゆくまで彼をさがしたい、というのは私の悲願であり、その夢は大人になって叶《かな》った。

そんなわけで、二歳になるうちの子どもは、きっと将来、それを読むことになる。しかし——、丸をつけない、まっさらな状態の『ウォーリー』を読むなんて贅沢を、この子に許してよいものか。

たぶん、この子の手によって、私の『ウォーリーをさがせ！』は、遅かれ早かれ、やがては丸の書き込みだらけになる。それはそれで楽しみだと思えるあたり、自分が大人になったのだなぁと思う。

大人気の『ウォーリー』は借りる順番を待つことや、すでに丸がつけられたものを、見て見ぬふりしながら、友達と、その一枚絵の世界観を楽しむことまで込みで、私たちの子ども時代を支える、大好きな思い出の絵本だった。

始《はじめ》さんの年も越えて

田中芳樹『創竜伝1　超能力四兄弟』（講談社ノベルス）

私が育った町の図書館は、本を「おとな向け」と「こども向け」のコーナーに分けていた。小学校を卒業した年の春、背伸びするような気持ちで「おとな」のコーナーに足を踏み入れ、田中芳樹《たなかよしき》さんの『創竜伝』第一巻を手に取った。つまり私にとって、講談社ノベルスは「おとな」の本第一号なのである。――そして、実際に大人になった今、選んだのが『創竜伝』で本当によかった、と思う。以来、私は「こんなにおもしろいなら」とノベルスの判型を中心に本を探し、読むことになる。

当時、同年代の本好きの間で田中さんの名前は別格で、私たちは主人公・竜堂《りゅうどう》兄弟にほとんど恋していた。「今、末っ子の余《あまる》くんの年だけど、あんなかわいい子いないよね」とか、「終《おわる》くんが人気だけど私は断然、続《つづく》さん！」とか。その後、自分が長兄の始さんの年を追い越す日が来てしまうなんて想像もしていなかった頃の淡い記憶だ。「始さんの年を追い越した」こと一つとっても、長年の友人のように彼らの名前を呼び、本を傍らにおいてこられたことは、ものすごく誇らしい。

私にとっての講談社ノベルスは、そんなわけで『創竜伝』シリーズと、もう一つ、これは講談社文庫で出会って衝撃を受け、ノベルスで追いかけ始めた綾辻行人《あやつじゆきと》さんの『館《やかた》』シリーズ。

『冷たい校舎の時は止まる』でメフィスト賞を受賞し、その二つと同じ講談社ノベルスから本が刊行された時、私がまず嬉しかったのが、背表紙にある著者名のカラーリングだった。

講談社ノベルスは、背表紙の著者名が「あかさたな」によって色分けされているのだが、私の筆名「つじむら」は、田中先生と同じ「赤」。本棚の『創竜伝』の横、同じ配色で自分の本が並ぶのを見て、どれほど嬉しかったか。

そして、その配色が実現する要因となった『辻村』の『辻』は綾辻さんから（勝手に）一文字拝借してつけたもの。私の血の主成分は、やっぱり講談社ノベルスでできている。私はノベルスの子どもなのだ。

『屍鬼《しき》』と旅する

小野不由美『屍鬼』（新潮社）

読書好きな人にとっての悩みの一つに、おそらく「鞄の重さ」がある。
長時間電車に乗るとか、待ち時間を要する仕事に出かけるような時、適当な文庫本を一冊入れることにすれば鞄が随分軽くなるのだとわかってはいるが、その時はどうしてもこの重たい新刊が読みたい……、という悩みに覚えはないだろうか。
さらに、その本が、上下二冊組だったら。しかも、もうすぐ上巻が読み終わりそう……というタイミングで、これから三時間、一人で電車に乗ることが決まっているとしたら。
学生時代、大学のある千葉から実家の山梨に帰省する際、私は小野不由美《おのふゆみ》さんの『屍鬼』上下巻を鞄に入れた。小野さんのファンだった私は身震いするほど発売日を楽しみにし、買ってすぐから貪るように読み始め、そして、上巻読了もうすぐ、というタイミングで電車に乗るはめになった。不穏な空気に包まれたこの村の行く末を見ずに他のものを読むことなんて到底できない、と上下巻をキャンバス地のリュックサックに詰め込み、そして、電車での幸福な読書を終えて故郷の駅に降り立った瞬間、背中でぼこっ、とリュックの留め具が外れ（しかも布ごと引きちぎれ）、鞄が壊れた。

　そのリュックはただのリュックではなく、雑誌で見て一目惚れし、予約待ちで求めた、つまりはものすごくお気に入りの鞄だった。当時の私としては大ショックだったのだろうが、その後、私はなぜか、そのことを小野さんあてのファンレターに書いてしまう。『屍鬼』の重みで、大好きな鞄が壊れました。何のつもりでそんなことを書いたのか。そして、それきりその「鞄事件」をすっかり忘れた。

　歳月は流れ、自分自身が作家になってから、幸運にも小野さんご本人に挨拶できる機会に恵まれた。涙目で前に立ち、ずっとずっと、大好きでした——、と思い入れいっぱいの言葉を用意していたところ、少しお話ししてすぐ、小野さんにこう言われた。

「ひょっとして、鞄を壊した子？」

　この時の衝撃は言葉にならない。ただ「そうです」と頷き、後はもういたたまれなくて何をお話ししたやら覚えていない。今も重たい本を買うたびに、あの鞄と『屍鬼』のことを思い出す。

「権威のこちら側」の『ジョジョ』

荒木飛呂彦『ジョジョの奇妙な冒険』
（集英社ジャンプ コミックス）

数年前、直木賞を受賞した際に、集英社の文芸担当の編集者から「何かお祝いにほしいものはありますか？」と尋ねられた。「いいえ、お祝いなんて滅相もない」とその時は恐縮し、先方から「しばらく考えてみてくださいね」と優しい言葉をもらって帰宅した後、自宅の本棚の前に立って、ふっと、魔が差した。

魔が差した、としか思えない。私の中の邪《よこしま》な悪魔がこう囁いた。

――やるなら今しか、ないんじゃないか。

この時の私の背中を誰かもし見ていたら、そこに、ありったけ「ゴゴゴゴ」という音を聞いてもらえたかもしれない。それくらい大それたことを、その時の私は考えた。

「あのう」と、控えめに、翌日、担当編集者に電話をかける。

「お祝いの件なんですが」

「あ、決まりました?」

「おそらく、そちらで考えてくださってる予算を大幅にオーバーして……というか、私がこれから先、集英社でいくらお仕事させていただいても、払いきれないと思う額なんですが、よいですか?」

ズン、と電話の向こうの空気が、エコーズACT《アクト》3《スリー》に変えられたのか? と思うくらいに、重くなる。「え」と半笑いの声が聞こえてから、私は思いきって言った。

「ジャンプコミックスの『ジョジョの奇妙な冒険』を、全巻ください。そして、二十九巻に、荒木《あらき》飛呂彦《ひろひこ》先生のサインを入れてもらえないでしょうか?」

二十九巻を選んだのは、それが、私が好きな第四部開始の巻だからだ。

実家で妹とともに揃えたコミックスは、私が大学に進学する際、揉めに揉めた結果、妹の本棚に残すことになり、その後はジャンプ本誌を追いかけたり、文庫版で持っていたりとまちまちだったので、この機会に全巻、馴れ親しんだジャンプコミックスの判型でいただきたかった。——もちろんこんなの、言い訳、ですが。多くの「ジョジョ愛」に満ちていらっしゃる方が、さぞや今、「コミックスで全部持ってなかったヤツが、荒木先生のサインをもらいただとぉ？」というお怒りの気持ちでいらっしゃるであろうと思うけれど、ごめんなさい、許してください。

後日、荒木先生が快くお引き受けくださったというサイン本が、我が家に届いた。ページを開き、そこに直筆の仗助《じょうすけ》の横顔があった時の嬉しさを、どう表現したらよいかわからない。いただいて以来、もう何度見つめたかわからないくらいの熱視線を、仗助に気持ち悪がられるのを覚悟で注いでいる。

単なるミーハーだというふうに受け止めていただいてもちろん結構なのだが、この時、私が『ジョジョの奇妙な冒険』に荒木先生のサインが欲しい、と思ったのには訳がある。

思えば、『ジョジョ』との最初の出会いは、小学校時代の夏休み、お盆に田舎の祖父母の家にイトコたちと集まった時のことだった。いろんな漫画やゲームに詳しくて、私が尊敬していた中学生のイトコのお姉ちゃんが持ってきた「ジャンプ」で観た『ジョジョ』に、私はトラウマになるくらいのショックを受けた。

時は、第三部。

花京院《かきょういん》が、赤ちゃんのスタンド《マニッシュ・ボーイ》「死神13《デス・サーティーン》」に疑いを持ち始める、観覧車の場面の回。相手を夢のスタンド使いだと知った花京院が、ポルナレフにそう告げた途端、死んでいたはずの犬が「ラリホー」と語り出す。

絵、言葉遣い、画面構成、いろんなものが衝撃的すぎて、うまく言葉にならず、私の口から咄嗟《とっさ》に出た一言は「怖い」だった。これまで観たことのないものを観た、という意味の、それは恐れの言葉だった。怖い、怖い、と思っているのに、ページから目がそらせない。初めて観た漫画なのに、次号からの続きが気になってたまらない。

私が告げた「怖い」という言葉に、「ジャンプ」の持ち主であるお姉ちゃんが向けた目。彼女には二歳年下の弟がいたが、彼女が弟とした目配せの冷たさを、私は今でも覚えている。

言葉にして言われたわけではない。けれど、確かにその時、彼女の目には軽蔑《けいべつ》の光が宿っていた。「この凄さがわからないの?」という。

私の中で、そう整理できるようになったのは、それから何年もして、私自身がすっかり『ジョジョ』の虜《とりこ》になり、遡《さかのぼ》って一部も二部も読んだ、その後だった。その頃には、私もすっかり、未知なるものをただ「怖い」と遠ざける、漫画やサブカルに疎い女子を鼻で笑うような、嫌な中二女子になっていた。

今ならさらに一段掘り下げて理解できるのだけど、それは、私たちが無意識に『ジョジョ』を〝最先端〟だと見抜いていたからなのだろう。切っ先鋭い場所以外に興味がない、大人が薦める本や映画におもしろいものなどあろうはずがない、と思っていた私たちにとって、『ジョジョの奇妙な冒険』は、何よりも「エッジが立った」読み物だった。鋭く、美しく、怖いほどの緊張感に満ちて、おしゃれで、そしておもしろかった。

このよさがわからないのか、とバカにする者同士は結びつきもややこしく深い。オインゴ、ボインゴの巻を読み、その後初めてキューブリックの映画を一緒に観ることになる友達がその時期にでき、教科書の隅っこに、ちっとも似てないイギーの似顔絵を描く。花京院が死んだ時に、声をあげて何日も「わあーん」と泣き、敵で、憎むべき相手なのに、ヴァニラ・アイスやDIO《ディオ》が、それでもものすごく美しいことに胸が苦しくなり、どうなるのか、どうなるのか、と戦いの行く末を見守った。高校時代だって、「ジャンプ」の発売日があんなに待ち遠しかったことはない。

あれから時が経ち、テレビの『アメトーーク！』で、『ジョジョの奇妙な芸人』が放送され、大規模な原画展が開催され、『SPUR』の表紙を荒木先生が飾り、GUCCIとコラボし――、と広がり続ける荒木先生と『ジョジョ』の世界を観ていて、不思議と、気づくことがあった。

それは、どれだけすごいことになっても、広がっても、私たちはそれでもなぜか、

『ジョジョ』と荒木先生の仕事を、尊敬はするけれど、それでも「権威の向こう側に行った」というふうには見ない、ということだ。

サイン本をねだる際、私はそれを「予算オーバー」と言ってしまったけど、『ジョジョ』の凄さは、お金や名誉では語れない。

では何が凄いのかというと、それはたとえば、本誌で追いかけるのをいつの頃からかやめていたファンに、「新シリーズの『ジョジョリオン』の舞台は杜王町《もりおうちょう》なんだって」と一言告げた瞬間、その人をそのまま本屋に直行させるような凄さだ。あるいは、第何部が一番好きかという話で、互いが涙目になるほど白熱した議論をさせられてしまう凄さ。アニメ化を機に「三部まで読んだ」という友人を「馬鹿野郎！その後も読め！」と、なんかもう義務感にすら駆られ、買い与えかねない勢いで説得してしまうような凄さ。

ある漫画を人が追いかけるのをやめた時、それは多くの場合、「その人がその作品を見限った」というふうに言われると思う。しかし、『ジョジョ』に関しては、そんな感覚がまったく当てはまらない。読者それぞれが「この作品に見放されたくない」とむしろすがるような気持ちで、この漫画と世界観を愛し続けているように、私には思える。作品と読者の関係において、圧倒的に作品が強いのだ。

冒頭に戻り、私事で恐縮だが、荒木先生のサイン本を、なぜほしかったのか。実を言えば、私はその時期、賞を取ってしまったことで、それがありがたいことだと知りつつも、それでも、怖かった。望むと望まざるとにかかわらず、「賞」とは名誉だ。自分の小説に冠ができることを喜ぶ気持ちより、受賞したことで、それまで自分なりにエッジが立った気持ちで書いてきた小説が鋭さを失ってしまうのではないかという不安の方が、ずっとずっと強かった。「大人が薦める本」の一つになどなってたまるか、という意地があった。

「権威の向こう側」になど絶対行かない、愛すべき『ジョジョ』。

小説を書いていて迷いそうな時、私には、そこに一つの指針がある。それは、『ジョジョ』を愛するような人たちに軽蔑される仕事だけは絶対にしたくない、ということだ。十代の入り口で、「この凄さがわからないの？」と冷たい目を向けられたあの日の記憶から、私の世界は間違いなく劇的に変わった。いただいたサイン本は、その戒めと象徴。

『ジョジョ』からもらった鋭さを、私は死んでも手放したくない。

申し上げます。申し上げます。旦那さま。あの人は、酷い。酷い。はい。厭《いや》な奴です。悪い人です。ああ。我慢ならない。生かして置けねえ。
はい、はい。落ちついて申し上げます。あの人を、生かして置いてはなりません。世の中の仇《かたき》です。はい、何もかも、すっかり、全部、申し上げます。私は、あの人の居所を知っています。すぐに御案内申します。ずたずたに切りさいなんで、殺して下さい。あの人は、私の師です。主です。けれども私と同じ年です。

太宰治《だざいおさむ》の短編『駈込み訴え《かけこみうったえ》』の冒頭である。私がこれを読んだのは、中学二年生の時だった。言葉にならないほどの衝撃に、胸をえぐられるようだったことを覚えている。

©劇団四季　撮影：上原タカシ

イエスとユダに、多くの人が人生のどこかで触れる。磔刑《たっけい》にされるイエスの受難に満ちた最期はあまりにも有名だし、ユダは裏切り者の代名詞のようにその名が語られることもしばしばだ。私たちは、何か物語を通じて出会うよりも先に、圧倒的に彼らが辿《たど》った運命の方をすでに知ってしまっている。

私にとって、そんなユダに初めての肉声が与えられたのが、冒頭に引用した『駈込み訴え』である。裏切る、という歴史的事実しかなかったはずのユダという存在に生々しく血が通っていくこの短編は、読んでいて肌がひりひりとし、胸がどんどん痛くなる。なぜ、ユダはイエスを売ったのか。

小説の最後、ユダは言う。

私は、ちっとも泣いてやしない。私は、あの人を愛していない。はじめから、みじんも愛していなかった。

小説の文章の向こうから、言葉と裏腹な彼の泣き顔が見える。教科書で習った歴史ではなく、ユダやイエスを、初めて自分たちと地続きの人間として捉え直した最初だった。

劇団四季の『ジーザス・クライスト＝スーパースター』を初めて観た時の衝撃は、それに勝るとも劣らない。ある意味ではそれ以上だった。

ここでは、ユダだけではなく、イエスもまた一人の、私たちと地続きの人間として描かれている。自分を信じる者たちの存在を気遣いながらも、自分が信じる神に問いかけ、苦悩する。

このまま　どうして　私が死ぬのです
してきた総てが　むだなのか
私は知りたい　マイ・ゴッド

あるいはジーザスの神殿で、人々に囲まれ、「金をくれ」「病気を治してくれ」と迫られるイエスは絶叫する。

「私は無力だ。悩める者は自分で治せ！」

完璧な存在として崇拝されるイエスの向こう側にこの思いを見た物語が、「ロックオペラ」と銘打たれて初演された一九七一年当時の衝撃はいかばかりだったろう。

一人の人間としてのイエスの苦悩を背景に、だからこそ、この物語のユダは、より、人間らしい。憧れ、羨望、嫉妬――イエスという強い光に照らされて生まれ出た、暗い影のようなユダが抱える様々な感情の中、私が『ジーザス・クライスト＝スーパースター』のユダに見るのは鮮明な苛立ちである。作中の光であるイエスが苦しめば苦しむほど、影であるユダがもどかしく怒るのを舞台から感じる。神の子であるがゆえに奪われる自由と、けれど、そこから決して逃げ出さない師を、自由な立場からユダは見つめ、「どうして自由にならないのか」、と狂おしく責め立てているようにすら思える。

「マイ・ゴッド　私はあなたに利用されたのだ」というユダの嘆きは、だからこそ深い絶望に溢れている。愛ゆえに、憎悪ゆえに行った行為が、本意でない場所へ行き着いた彼の嘆きが伝わる。

イエスとユダ、二人の存在は舞台の上で、まったく違うのに、しかし、表裏一体な同じ一人の主人公の内面を描き出しているかのようにさえ、私には見える。

また、つい先日、私が仕事で地方に出かけた時のことだ。空《す》いた電車の向かいの席に座った男子高校生二人組の片方が、何の気なしに『スーパースター』を歌い出した。

ジーザス・クライスト　ジーザス・クライスト
誰だ　あなたは誰だ
ジーザス・クライスト　スーパースター

私は驚いてしまった。

彼らはあまり真面目そうなタイプではなく、どちらかというと、舞台や小説には興味などなさそうなタイプに見える。驚いたが、しかし、それからすぐに納得した。この街に、劇団四季のイエスとユダが来たことがあるのだろう、と。

私が観劇するときにも、たまに修学旅行生たちと一緒になることがある。真面目な子も不真面目な子も、そこでは一緒になって、濃密なエルサレムの時を過ごす。「ロックオペラ」であることの意味は強い。どんな気持ちで観始めた人であろうと、一度聞いたら忘れないあのメロディとフレーズに、心を支配されてしまう。

流行の、好きな歌手の歌を口ずさむのと同じくらいに彼らの胸に入り込む『ジーザス・クライスト＝スーパースター』は、おそらく、その子たちにとっての、最初のイエスとユダの物語だ。いつの時代にも普遍的な、光と影の物語だ。

『輪《まわ》るピングドラム』のこと

『輪るピングドラム』（監督・幾原邦彦）

一九九五年の三月、私は中学生で、あの朝、病院の待合室にいた。

学年が変わろうとしていた。どうしてかわからないけど、私はその頃、友達が一年周期でしかもたなかった。ずっと仲良くしたいのに、同じ教室で一年過ごすうち、何となく空気がおかしくなって、それに気づいた頃には、ある日学校に行くと、昨日まで仲良くしていたはずの子たちから急に口を利いてもらえなくなっていたり、教室移動の際に一人取り残されてしまったりしている。――私だけが特別だったとは思わない。仲間はずれとか、いじめなんていうキーワードを持ち出す必要もないほど些《さ》細《さい》なこういうことは本当によくあることで、世界の終わりだと思うほど傷つき、どれだけ泣いたところで、世界は当然少しも終わらず、私は翌日も学校へ行き、平然と生きていた。

無視していたはずの友達は、ある日急にまた「おはよう」と声をかけてきたりする。そんな時も、私の心にあるのは、されたことへの怒りや、彼女を問いつめることなんかじゃなくて、「ああ、よかった。終わりになった」という安堵《あんど》だけ。その心地よさに身を任せて、再びまた仲良くなる。

三月のあの朝も、私は、三人組グループの残り二人から弾かれている真っ最中だった。その頃の体調不良が本当に病気だったのか、はたまた仮病だったのかは自分でもわからない。具合は悪かったけど、意識ははっきりしていて、ただ強く学校へ行きたくないと思っていた。自分の知らないうちに、グループの残り二人が何をどう話し合い、私を弾く結論に至ったのかということを想像しては、早く何者かになって、ここじゃないどこかに行きたいと願っていた。

私だけが、ここからどこかに行けると、信じていた。

何かを為《な》したかったし、恋がしたかったし、愛されたかったし、誰か特別な存在から愛されるはずだと思っていた。自分は、劇的な〝私〟の物語の主人公だと信じ、疑いもしなかった。

病院の待合室で、その朝、事件が起こったことを知った。

都心の、朝の、地下鉄で。

東京の非常事態を、ニュースが告げている。本来の番組内容を変更して臨時ニュースでお伝えします、と、現場からの中継が画面にずっと流れ続けていた。

何か大変なことが起きたんだと、処方された薬を待つ間、テレビに釘付けになる私の横で、早く病院を終えて娘を学校に送り、会社に戻りたい母が、苛ついたように腕時計と薬の窓口とを見比べていた。もっと見ていたかったのに、窓口から薬が出され、母が支払いを終えて、私を学校に引っ張っていく。――熱がなければ学校を休むことなんて許されなかった九五年の、これが私の日常だ。

後に、この朝のことを思い出して、私は不思議な気持ちになる。

事件が起こった九五年の春は、私が中学を卒業し、高校に入学するタイミングだった。三月二十日は、すでに卒業式を終えた春休みで、もう二度と中学校のあの教室に帰らなくてよくなっていたはずの時期なのである。それなのに、私の中にはあの朝のことが病院の待合室として記憶にある。教室に戻らなくちゃ、という汗ばむような気持ちとともに。単なる記憶違い、勘違いとして済ますのは簡単だ。けれど、私にはこう考えた方が腑に落ちる。自分は、呪われていたのだと。

事件からしばらくして、テレビからドラマやバラエティー番組が消え、ゴールデンの時間帯はどの局も報道特番一色になった。当時読んでいた雑誌に、同じ年の男の子が「普通にテレビが観られている状態がいかに平和だったかわかった」と投稿していた。おかしな話だが、私は、彼にそう指摘されたことで初めて、どうやら、今、自分の日常は失われているのだと理解した。九五年は、私たちの世代が初めて日常を失った年なのである。

刺激的な言葉やインモラルな表現がエッジが立ったと表現され、壊すことが新しいと叫ばれて、破壊だけが進んで止まらなくなる。スタイリッシュなものが現れては、パクられ、根付き、真新しくもない定型的なやり方へとめまぐるしく姿を変えてしまう中、私たちは青春時代を送った。刺激に馴れてしまったせいで、いくら強い言葉が現れようと簡単に心を動かすことがない、斜《はす》に構えた大人のできあがりだ。『輪るピングドラム』の高倉《たかくら》兄弟と私とは、二〇一一年、ちょうど九五年を境に、十六歳と三十一歳——約半分の年齢差だった。その彼らに向けて痛烈な言葉が放たれる。同時にその言葉は、刺激に摩耗したはずの私の胸のど真ん中を撃ち抜いた。

きっと何者にもなれないお前たちに告げる。

価値観の多様化や、ひとりひとりがみんな違って大事な花だと言われるようになる少し手前に育った私たちの年代は、「夢を見なさい」「何者かにならなければならない」という圧力が強かった、おそらくは最後の世代だ。十五歳のあの頃にこの言葉に撃たれたら、私はたぶん、生きていけなかった。意地悪な言葉だと思いながらも、一方で、今の私はこの言葉がどれだけ誠実なのかを知っている。しかもその言葉を受けるのは、私があの頃なりたくてたまらなかった何者か――〝物語〟の主人公たちなのだからたまらない。

物語は進むにつれて、この言葉が単なる飾りの存在ではなく、より切実な意味を帯びていることを露呈していく。言葉の感触のよさに惹かれた自分を恥じ入り、猛省を促されるほどの衝撃や、鳥肌ものの驚きを何度も味わう。

最終回まで観終えて、思った。

何者かになりたい、誰かに愛されたいと願いながら、私は誰かを愛しただろうか。

これから『ピングドラム』を観る人たちに、言えることは何もない。できたら、私がそうだったのと同じように、なるべく前情報が何もない状態で観てほしい。だから正直、この文章を書くのさえ躊躇われるし、できたら読まずにいてほしいくらいだ。

もし最終回まで観終え、そこからまだ振り返って初回を観ていないというなら、もう一度、今度は続けて初回を観てほしい。これもまた強制したいというわけではなくて、そうしなくては、あまりにもったいないから。

そして初回を観た後は、さらに振り返って『輪るピングドラム』のタイトルを、改めて見つめてほしい。

「輪る」である。「回る」でも「廻《まわ》る」でもなく。

「輪」は、輪廻《りんね》や輪番の「輪」。順番が回ってくる、という意味がある。仏教では、大地を支えているわのことも、「輪」で表す。

私たちの日常を支えるもの一つ一つの裏側には、すべて、マワりながら存在するピングドラムがある。非常事態が起き、失われた時に初めて尊ばれる日常が、誰かによって示された乗り換え後の世界じゃないと、どうして言えるだろう。

そして、ピングドラムは輪る。

いつか自分の番が来る。それはきっと、誰にでも。私たちは等しく自分の番を待つことができる。それはまるで、物語の主人公のように。その時が来ることが幸運なのか、不運なのか。考え方は人それぞれだ。そこではもはや私たちは〝何者〟でもいい。そのいつかが来た時、私は間違えないでいたい。

『輪るピングドラム』の「輪」は、燃えるような激しさを伴いながら、だけど、とても優しく私たちを肯定する。

九五年の朝に呪われていた私は、二〇二一年、主人公の彼らから倍の年を重ねて、ようやく自分の中に巣くっていた幽霊と、彼らを通じて対峙したのだ。

最後に。

あなたが、この文章を読んでいるのが、放映直後の二〇二一年ならば、もう、本当に言えることは何もなく、この文章はおしまいだ。

だけどもし放映から何年も時を経て（あるいは世代すらもかわり）、Blu-ray か何かで作品を観たりして、そこからこの文章に行き着いたのだとしたら、記憶にとどめておいてほしいことがある。

『輪るピングドラム』が放映になった二〇一一年、私たちの日常は、失われていた。あの年を体験した誰もが、きっとそうだった。この年にピングドラムは存在し、私たちのもとに届いたのだ。その事実を、この意味を、どうか、覚えていてほしい。

『愛してる』と『ありがとう』の言葉とともに、今日もピングドラムは輪る。

こわい漫画

松本洋子『見知らぬ街』（講談社コミックスなかよし）

自分がホラーやミステリ好きな人間なのだと自覚し始めたきっかけの一つに、漫画家・松本洋子《まつもとようこ》さんの存在がある。

小学校時代の私たちは、「りぼん」と「なかよし」全盛期。中でも私は、松本洋子さんの『すくらんぶる同盟』が大好きで、いつか、自分でもこんな物語が書きたい、と夢想していた。

『見知らぬ街』は、その『すくらんぶる同盟』の連載がいったん終了し、新章に突入するという、連載と連載の合間に「なかよし」誌上に登場した読み切り作品だった。

主人公・唯《ゆい》は、仲良しの五人で旅行に向かう途中、交通事故に遭う。気がついた時には、街には自分たちの他には誰もおらず、通りには信号も横断歩道もない。ビル名表記も、街の名前を記す看板もない中、五人のもとに、新聞紙が飛んでくる。それは、彼女たちが乗った車の事故を伝えるもので、見出しには「中学生四人死亡」の文字が。自分たちはすでに死後の世界に来ているのではないか——、と考える主人公たちだが、そこで、ふと気がつくのだ。記事にある死者数は四人。しかし、自分たちは五人。この中で、誰か一人は助かるのではないか。

誰もいない街、という設定にゾクゾクするほど興奮し、読み進める手が止まらない。五人はそれぞれのやり方で街から出ようと試みる。他人を押しのけてでも助かろうとする者もいるし、自分の生きる道をゆずろうという優しさを持つ男の子もいる。

そして明かされ、導かれたラストの光景は、何年経っても忘れられない。ミステリの意外性への驚きとともに、それはとても残酷なラストでもあった。言葉を尽くして語る人間模様や個人の思いなどが、時に大きな物語の前で無力化するということを、私は、普段から読んでいる少女漫画誌で教えられたのだ。

ラスト近く、主人公ともっとも身近に話をしていたはずの男の子が、人格を奪われたように静かな存在として描かれた無言の場面は、今思い出してもトラウマに思うほど衝撃的だ。

今書いていて、はたと気づいたのだが、この『見知らぬ街』の舞台設定は、私のデビュー作の『冷たい校舎の時は止まる』とよく似ている。名作の影響は自覚せずとも滲み出て自分の血肉になっていたのかもしれないと思い知る。

世界とつながる

『天外魔境Ⅱ　卍MARU』PCエンジン SUPER CD-ROM2

ゲームで泣いた、という話をすると、今でもたまに人と嚙み合わない時がある。「普通、ゲームで泣く?」と聞かれるのだ。

映画やアニメで泣くことは普通なのに、なぜ、ゲームで泣くことを不思議がられるのか、と憤慨するような――私はそれくらい、さまざまなゲームのストーリーと世界観に魅せられてきたゲームっ子だ。

その私が、最も「泣いた!」と思うのが、『天外魔境Ⅱ《てんがいまきょうツー》』。架空の国、ジパングで繰り広げられる火の一族と根の一族の物語は、敵も味方も濃いキャラばかりで、サクサク進む戦闘も、久石譲《ひさいしじょう》さんの音楽も、すべてが本当に素晴らしかった。

さて、このキャラクターたちと世界観が大好きだった中学一年生の私の目に、ある日、「天外魔境Ⅱ　プレイ感想文大募集」の文字が飛び込んできた。当時買っていたゲーム誌の企画だった。私は、五等の賞品であるオリジナルテレホンカードがどうしても欲しくなり、感想文を書いた。せっせと書いた。数を出せばどうにかなるかと思って、十一通書いた。テレカください、と手紙まで添えた。

ドキドキしながら結果を待ち、書店で発表号を開いた私は、「ぎゃー！」と叫ぶ。五等のテレカが欲しかったのに、一等──最優秀賞をいただき、そこには私の名と感想文全文が掲載されていた。しかも、ゲームを手がけた広井《ひろい》王子《おうじ》さんからのメッセージつきで。

世界がぐらんぐらん、揺れていたことを覚えている。「え？　え？　テレカはもらえないの？」と、罰当たりなことを考えつつも、賞品のＬＤプレーヤー（今となっては懐かしいが、当時は十万円近くした）の文字にも目眩《めまい》がした。

父や母、友達からも「すごい！」と言われたが、自意識過剰だった私はむしろ恥ずかしく、自分の文章が雑誌に全文掲載された、ということが恐ろしくて、「十一通も書いたから同情されただけで、本当は広井さんも誰か私じゃない人にあげたかったかも」というわけのわからない落ち込み方までしていた。

だけど、今大人になってから振り返ると、おそらく、あれが、私にとって、生まれて初めての「文章で世界とつながる」経験だったのだ。自分の原稿が掲載され、対価を得る。——作家という仕事の、最初の一歩だった。ゲームによって、それが実現したというところにも自分のルーツを見るような思いがして、今では、だからちょっと、誇らしい。

望み叶え給え

筋肉少女帯「ノゾミ・カナエ・タマエ」

雑誌の企画などで「執筆中に音楽は聴きますか?」と尋ねられることがたまにある。「はい」と答えると、だいたい次に「それは歌詞があっても平気ですか?」「その歌詞が日本語でも?」と質問が続く。そういう時、「ええ。私の執筆時の音楽はだいたいが筋肉少女帯《きんにくしょうじょたい》と特撮《とくさつ》ですから」と答えると、たいてい相手がすぐに「ああ……」と理解してくれる。それくらい、大槻《おおつき》ケンヂさんの歌は、「歌詞の塊」とでも呼ぶべき魅力が凝縮されている。

中学生の頃から、人生の半分以上を大槻さんの歌を聴いて生きてきた。小説を書いている時も、受験勉強をしている時も。最初はただ音楽として聴く。しかし、どういうわけだか、ある日突然、ふとした瞬間に歌詞がすっと心に入り込んできて、急に鳥肌が立つ瞬間がやってくる。

中二の時に聴いた、筋肉少女帯の「ノゾミ・カナエ・タマエ」はその最たるものだ。

ある日さみしい少女が一人ぼっちで死ぬ。彼女と話したこともないクラスメートたちが弔いの席上で涙を流す。その時、奇跡が起こり、彼女の屍《しかばね》が歌いだす。ノゾミ・カナエ・タマエ。総て燃えてしまえ。みんな同じになれ。その様子を見ていた神様が、炎の矢を放つ天使を遣わし、弔いの席上が火の海と化す。

この歌で、私が心臓を鷲摑《わしづか》みにされたのは、少女が「みんな同じになれ」と歌うところだった。特別になりたいわけじゃない。ただ、「同じ」になりたいだけなのに、それができない自分に気づいて、いっそみんな同じに灰になれ、と泣いた。大人になった今でも、この歌を聴いて部屋の隅っこでつぶれそうになっていた当時の自分のことは絶対忘れない。

そんな当時の自分の思いの全部を詰め込んだような『オーダーメイド殺人クラブ』という私の小説が、文庫になった。

解説は大槻ケンヂさん。私の人生にテーマ曲をくださった神様が、私の本に文章を書いてくれる日が来ることを、あの頃の私が知ったらどう思うだろう。でも、絶対に教えてやりたくない。

どれだけ泣いても足りないくらいの幸福が待っているのだから、それまではせいぜい、筋少聴いていっぱい泣いとけ、と言いたい。

リリイだけがリアル

『リリイ・シュシュのすべて』（監督・岩井俊二）

『リリイ・シュシュのすべて』という映画がある。この映画の冒頭、主人公の少年が田園の真ん中でヘッドフォンをつけて音楽を聴いている。リリイ・シュシュとは、彼が聴いている音楽。カリスマ的シンガーの名だ。

映画のポスターに入った文章、「僕にとって、リリイだけがリアル」を見た瞬間に、全身に鳥肌が立った。私だけでなく、きっと多くの〝かつての中学生〟たちがそうなったはずだ。

家や学校にいたくないから、私はよく外で本を読み、ヘッドフォンをつけて音楽を聴いた。自分の読んでいるもの、聴いているものにまったく理解のない大人や、本を読んでいるというだけでバカにしてきそうなクラスメートの目から隠れるようにして、学校からの帰り道、遠回りして、誰も来ない場所を探した。

果樹農家で育った私の行き着く先は、もっぱら、水田ではなく祖父の桃畑。熟れた実が落ちた、甘ったるい匂いに囲まれながら、畑の隅に停めた自転車に跨《また》がって、暗くなるまで本を読んでいた。目が悪くなる、そんなものばかり読んで、読書なんて勉強や現実の役に立たない、と言われる声に耳を塞ぎながら、太陽の光を惜しむように本を読んでいた。この時期が、私は、二度と戻りたくないけれど、それでもやはり、愛おしい。サドルに座りっぱなしのせいでおしりが痛くなっても、あの頃ほど、本を読むのが楽しかったことはない。

大人になり、振り返ってこの思い出を語ると、よく「現実逃避」という言葉を持ち出される。私はそのたび、そんなセンスのない言葉でしか、私のあの頃を切り取ってもらえないのか、と憤ってきた。

桃畑で、帰りたくないと思いながら本を読んでいた私の現実。逃避などしない、私の現実を生き抜くためのリアルが、全部、そこにある。

中学時代から時を経て、大学を卒業する年に観た『リリイ・シュシュのすべて』は、岩井《いわい》俊二《しゅんじ》監督による小説も出版されている。

今、もし叶うなら、中学時代の自分のもとに行って、「読みなよ」と差し出したい。大人が薦める本になど、おもしろいものがあるはずないと、侮蔑と、優越感に満ちた目でこちらを睨むであろう不遜な彼女の心にも、どうか届きますように。
僭越《せんえつ》ながら、つまらない大人のひとりとして、そう願う。

国民的ドラマを愛せる幸せ

『相棒』シーズン12の解説に寄せて

数年間、まだ実家でＯＬをしながら兼業作家をしていた頃、一緒に住んでいた妹が、新聞のテレビ欄を見ながら「あ！　今日『相棒』の再放送がある！」と声を上げた。

ちょうど、シーズン5が終わった直後の二〇〇七年頃のことだ。シーズンとシーズンの合間の再放送をとても楽しみにしていたらしく、いそいそと録画予約を始める妹の姿を、その時『相棒』未体験だった私は「ふうん。あのドラマ、おもしろいのか」くらいの気持ちで眺めていた。

その夜、妹の部屋で、仕事をしながらなんとなく彼女と一緒に『相棒』を〝ながら見〟していた私は、それから三十分もしないうちにパソコンを閉じ、テレビの前に身を乗り出していた。

輿水泰弘 脚本
碇 卯人 ノベライズ
朝日文庫

――なんだ、これ！　すごい。

胸を撃ち抜かれた。

杉下右京《すぎしたうきょう》というキャラクターのなんとかっこいいこと！　彼のセリフ回しに魅せられ、鮮やかに事件の導入に引き込まれる。脚本もすごい。こちらの予想を超えて事件が何層にも動き、途中、「うわー、これ、あれの伏線だったのか！」と鳥肌が立つような驚きに何度も襲われる。ラストには、「こんなことされたら泣いちゃうよ」と胸にぐっとくる、それでいて大人の抑制の利いた結末が描かれ、一話観終える頃には、私はすっかり『相棒』の世界に魅了されていた。

言葉がなかった。それは、こんなクオリティーのドラマが毎週放送されていたのか、という驚きと、それをこれまで知らずにいたことの悔しさ、それに、仮にもミステリを書くことを仕事の一部にしているのに……という自分の不明を恥じるようなふがいなさがごちゃ混ぜになった気持ちだった。とにかく、とんでもないものを観た、という思いだった。

そんな私に、『相棒』の初期の頃からのファンである妹が、「他の回もあるから観る？」と、ＤＶＤを貸してくれた。それらを一緒に観ながら、「たまきさんは右京さんの元奥さんなんだよ」とか、「亀山《かめやま》くんと美和子《みわこ》さんは別れてた期間もあって、あの時はショックだった」「この事件の犯人の動機って、これまでドラマとかだと扱われてこないものだった気がして鳥肌が立ったんだ！」などなど、解説を加えてくれる。その表情がとても生き生きと輝いていて、私もふむふむ、と聞き入った。

以来、妹を『相棒』の先生に、私は『相棒』ファンである。妹とは、今はもう分かれて住んでいるけれど、シーズン放映があると、「あの回どうだった？」などと必ず話すし、映画の上映があれば一緒に観に行く。仕事がどれだけ立て込んでいても、「あ、昨日録画した『相棒』を観られる」と思えば、やる気にもなって、ああ、あの頃再放送を楽しみにしていた妹も、日々の仕事の合間に『相棒』から活力をもらっていたんだな、と感じる。

『相棒』シリーズを〝国民的ドラマ〟と呼ぶことに抵抗を感じる人は、まずいないだろう。そして、国民的ドラマである、ということは、こういうことなのだ。それは、ただ単に多くの人から支持されている、ということではなくて、こんなふうに愛情を持って語ることの幸せを、一人一人がそれぞれの形で持っている、ということに他ならない。家族だったり、友人だったり、同僚だったり。優れたドラマはそれだけで人の距離を近づけ、私たちの共通言語になる。

シーズン12は、新相棒・甲斐享《かいとおる》を迎えての二シーズン目。

その前のシーズン11が、甲斐くんがどんな「相棒」なのかということの顔見せを兼ねた新相棒誕生期だったと考えると、今作は、彼と右京さんの掛け合いがすっかり視聴者にとってもお馴染みになった上での〝成熟期〟である。

第一話、ネットスラングが文字として流れる夜の交差点を歩く甲斐享の姿に、息を呑んだファンは多かったのではないだろうか。かくいう私もその一人。あれは、まさに〝今〟の空気を吸ったドラマの冒頭だった。

『相棒』には、いつもこういうところがある。物語をテレビだけのものにしておかない。私たちの現実まで巻き込んだ大きな枠組みの中で、普遍的な謎解きの魅力や人間ドラマを描きながらも、時に問題提起し、すぐそばにある私たちの〝今〟を脚本や演出の中に鮮明に炙《あぶ》り出す。それは、怒りや熱を感じるほどに鋭く、時には痛いほどだ。

この画面を見ながら、視聴者は思う。あの甲斐くんがなぜ、〝火の玉大王〟と名乗る怪しげな陰謀論者のもとになど通うのか？

これまでのシーズンで二人の関係性を知った上で提示される謎にたちまち引き込まれる、このスタートは衝撃的だった。

シーズン12の前半、七つの話には、他にも『相棒』を観る醍醐味がぎゅっと濃縮されたものが多く並ぶ。

天才的な数学者が、その才能ゆえに何をやったかが描かれる「殺人の定理」は、天才の苦悩と倫理観がいかにも〝『相棒』の犯人〟としての風格に満ちた傑作だ。また「エントリーシート」では、被害者となった女子大生の内面が実に細やかに描かれていて、これもまた、定型通りの感情だけを描かない『相棒』の脚本のよさが思う存分発揮されている。これは、「目撃証言」でブログを更新していった若者の心理とも重なる。一筋縄ではいかない後ろ暗さや、言葉を尽くしても伝わるかわからない種類の感情を、これらの話は、圧倒的な物語の形にして、私たちに届けてくれる。

そして、「右京の腕時計」は、杉下右京という名キャラクターの魅力が生きた、ファンにとっては垂涎《すいぜん》ものの一話。愛着のある時計と右京がどう付き合ってきたのかが公認高級時計師（ＣＭＷ）・津田《つだ》と右京の関係性から伝わり、津田のひたむきで誠実な職人としての態度と、殺人という許されざる罪とに右京がどう臨むのかが描かれる。杉下右京が魅力的なのは、その性格と物差しにブレがないからだ。彼の中に引かれた、「許せないものには毅然とノーを言う」一本の明確な線が、シリーズ全体をこれまでも牽引《けんいん》してきた。

私はこれらの話をどれも、自分へのとびきりのご褒美のような気持ちで、毎週楽しみに観てきた。

　さて、先日有楽町《ゆうらくちょう》にある東京国際フォーラムで『相棒』コンサート「響」が行われた。

　これは、ドラマの音楽を担当する池頼広《いけよしひろ》さんの指揮のもと、オーケストラによる生演奏と、スクリーンに映し出される『相棒』の映像を楽しむもの。開催が告知されてすぐ、私はチケットを求めて奔走した。

　当日、どうにか入手できたチケットを握りしめ、妹を誘って会場に一歩入ると、たくさんの人の姿に妹が感嘆の声を漏らした。

「ここにいる人たちはみんな、『相棒』が好きなんだね」

　もちろん、来ていたファンはごく一部で、その向こうにはまだまだたくさんのファンがいるのだろうけど、私も同じ気持ちだった。これだけたくさんの人が、私たちのように、今日を楽しみにこの場所に来ている臨場感に、胸がいっぱいになる。

　生演奏の迫力はものすごく、そこに流れる映像の魅力と相まって、とんでもなく感動的だった。途中、伊丹《いたみ》刑事を演じる川原和久《かわはらかずひさ》さんと中園《なかぞの》参事官を演じる小野了《おのりょう》さんのご登場があったりして、会場は大いに沸いていた。

ラスト、アンコールの拍手に応えて始まった映像には、心を鷲掴みにされた。ロングバージョンの『相棒』テーマ曲に合わせて、シーズン1からその時最新だったシーズン12までの、歴代のオープニング映像が流れるのだ。

――ああ、この時のシーズンから私はリアルタイムで見始めたんだった。――この時にはそうだ、亀山くんがいなくなったんだよね。――ああ、このシーズンは相棒が不在で、そして次に神戸《かんべ》くんが……。――そしてああ、とうとう今の甲斐くんが来た！

それぞれのシーズンにどんな話があったかを思い出しながら見守る『相棒』の歴史は、それを観てきた自分のことを振り返る歴史でもあり、最後、演奏の終わりとともに金色の紙ふぶきがバン！と噴き出した瞬間、私は妹と一緒に、もうほとんど泣いていた。

「おねえちゃん、コンサートつれてきてくれてありがとう」と言う妹に、「ううん。私の方こそ、『相棒』を教えてくれてありがとう！」と答えて、互いに手を取り合う。――大げさに思われるかもしれないが、この時、私はとても嬉しかった。同じようなことが、会場のあちこちで起きていたと思う。

誰かと語り合い、それを楽しみにすることで毎日を頑張れたりするものが、自分にあることは尊い。国民的ドラマを愛することの幸せが、そこにはある。

次に誰が杉下右京の相棒になるか、ということまでがニュースになって騒がれる国民的ドラマ『相棒』だが、以前、妹や友人たちと話していて、「どの相棒が一番好きなの？」と聞かれたことがある。「ええー、誰だろう」と考えこむ私の横で、妹が困ったように首を横に振っていた。

「私、どの相棒もそれぞれみんな好きだから、そういう質問困るんだ。選べないんだ」

本当に困り果てた様子でそう答える彼女の姿に、その時、気づいた。

『相棒』は、おそらく、シーズン全部を通じて、常に〝今〟が一番おもしろい。放映を待ちわびる、その都度都度の一話一話の楽しみが、一番を常に更新していく。今放映中ならば、そのシーズンが最高におもしろく、次のシーズンが放映予定ならば、おそらく、その最新作がまた最高を塗り替えるのだろう。

それを心待ちにできる私たちファンは幸せである。国民的ドラマを愛せることの幸福と贅沢が、そこにはある。

本の向こう側からの手紙

高校生の頃、作家の綾辻行人さんにファンレターを書いた。その数、百通。雑誌の企画で、メッセージを送った中から抽選で綾辻さんのサイン本があたる、というものがあったのだ。

作家という職業に焦がれ、闇雲に小説を書き、本を読みながら、けれど地方で生まれ育った私にとって、作家というのは、どこまでも自分の遠くにある存在だった。本というのは、どこか都会の工場から機械的にやってきて書店に並んでいるような印象で、その向こう側に人がいるという実感が乏しかった。

綾辻さんのサイン本がほしかったのは、そんな日々の中で、好きな作家さんが現実にきちんといることを実感したかったからだ。そして、百通の手紙が功を奏したのか、サイン本は無事にもらうことができた。

しかし、その後、届いた直筆のサインを前にして、小心者な私は、じわじわと後悔に襲われ始めた。これまで単に憧れの対象としてしか見ていなかった作家さんに、私のあの手紙が本当に読まれてしまったのか。何しろ百通だから、中にはものすごく恥ずかしいようなこともたくさん書いた。ちょうど、世に「ストーカー」という言葉が知られ始めたばかりの頃で、私は、今考えると自意識過剰にもほどがあると思うのだが、さらにまた、綾辻さんに手紙を書いてしまう。「たくさん手紙を書いてしまいましたが、私はストーカーではありません」と。致命的なダメ押しである。

しかし、この手紙に、なんと綾辻さんがお返事をくださった。自宅に届いた封筒の裏に、綾辻さんの名前が書かれていた、その驚きといったら！

興奮しながら開封すると、「あなたのお手紙が少し気になるものだったので返事を書きました」とある。「ストーカーだなんて思いませんでしたよ」と書いてくださり、その上、「今後、新刊の感想などありましたらこちらにどうぞ」と、お仕事場のご住所を教えてくださったのだ。

その時、私は、震えながら実感した。ああ、綾辻さんって本当にいるんだ、と。

手紙の文面のあちこちに、綾辻さんの小説やエッセイで見た語り口の雰囲気がそのまま滲んでいる。これは本当に綾辻さんが書いてくれたのだ、と感動した。

それは、私が初めて「本の世界の向こう側」を、はっきり現実のものとして捉えた瞬間だった。綾辻さんのその手紙が、私の過去と今をつないでくれたといっても過言ではない。

以来、私は、畏れ多くも綾辻さんと手紙のやり取りを続けさせてもらう。途中から手紙はパソコン上のメールのやりとりに姿を変え、デビューの際には、縁あって、綾辻さんから直接お電話までいただいた。

今も、綾辻さんからメールをいただくたび、作家になれて本当によかったなぁと幸せを感じる。憧れの人と携帯でメールのやり取りをしてるなんて、昔の私が知ったら、きっと卒倒してしまうだろう。

お礼の言葉

少し前に、とある児童作家の方と食事した際、「児童書は、作家の名前じゃなくてシリーズにファンがつくんだよ」と教えてもらった。

「一般書は作家名を頼りに、この人の他のものも読みたいとファンが次回作を追うけど、児童書はシリーズが変わると挿絵もがらりと変わって、雰囲気が全然違うものになるからね」

はて、そうだろうか、と疑問に思う私だったが、その人から立て続けに「では、○○のシリーズと○○のシリーズの作者が同じだって知ってた？」「○○シリーズの著者名が言える？」と質問され、それにほとんど答えられなくて唖然《あぜん》とした。幼い頃に図書館で出会い、友人たちと奪い合うように順番待ちした、大好きだった本、お世話になってきた本の著者名を、私は意外なほど覚えていなかった。

けれど、そう思ってひとたび意識するようになってからは、新たな発見が増え、逆に書店で児童書の棚を見て歩くのが楽しくなった。

たとえば私は、『魔女の宅急便』とアッチ、コッチ、ソッチでお馴染みの『小さなおばけ』シリーズをまったく違う年齢でそれぞれに楽しんできたが、恥ずかしながら、それらが同じ角野栄子《かどのえいこ》さんの作品であることを知らなかった。書店がコーナーを作って一緒に並べているのを見て初めて感動し、それから改めてふつふつと角野さんに尊敬の念が湧いてきた。なんてすごい人なんだろう！ と感嘆する。

そんな私だけど、中には作品名と著者名を明確に記憶しているものもある。『ぼくは王さま』シリーズの寺村輝夫《てらむらてるお》さんの名前は、数少ないその一つだ。小学校の頃に図書室で最初に好きになったシリーズで、挿絵がかわいく、短編がたくさん詰まっているところも親しみやすく、何回も借りて読んでいた。当時、私の小学校には、秋の読書週間に合わせて〝読書新聞〟を書く決まりがあった。一人一冊本を選び、絵を描いたり、あらすじや感想を書く。私はそこにこの「王さま」シリーズを選び、著者名を何度も書いたせいで、寺村さんの名前を覚えたのだ。

大臣や家臣を振り回す、大人のようだけど子どもみたいな王さまはわがままで、子ども心に「困った人だなー」と思いながら読んだ覚えがある。中でも好きだったのが食べ物の描写。卵が大好きな王さまのおかげで、私は世の中に「オムレツ」という料理があることを知ったし、給食に出た時にあまり好きではなかったチーズを、王さまが長くびよーんとどこまでも伸ばしていくのを読むのは爽快だった。それにあの、チョコレート一粒のなんとおいしそうなこと！

当時、食べ物がおいしそうな本というと、他には『こまったさん』シリーズと『わかったさん』シリーズがあった。『こまったさん』は料理担当。『わかったさん』はお菓子担当。彼女たちが作るちょっと焦げ目がついたハンバーグや、きつね色のドーナツにどれだけ憧れたか。

『王さま』シリーズは男子に、『こまったさん』『わかったさん』シリーズは主に女子に人気があり、図書室を利用するのは女子の方が多かったから、私にとって『こまったさん』『わかったさん』はなかなか借りる順番が回ってこない高嶺《たかね》の花のシリーズでもあった。

そして、今回この文章を書くほんの少し前に、私は、とある事実を知った。だからこそ、今このことを書いている。

『こまったさん』『わかったさん』シリーズの作者は、『王さま』シリーズの寺村さんだ。男子も女子も、私たちは同じ人の筆から生まれた食べ物に魅せられ続けてきたのだ。

さて、そう思って冒頭に戻り、考えてみる。私に、新たに児童書を見返し、これらのことに気づくきっかけとなる言葉をくれた食事会の相手——、児童書作家・きむらゆういちさんは、大人も子どもも涙する名作『あらしのよるに』の作者にして、小さい子のいる家にいくと必ずといっていいほど置いてある『あかちゃんのあそびえほん』シリーズの作者だ。うちの子どもも大好きで、猫のミケや子犬のコロに夢中になっている。

本当にお世話になりました、とこれから何人の人に改めてお礼を言うことになるのか、想像もつかない。だけど、これから出会うであろうたくさんの〝気づき〟は、思いがけないプレゼントをもらうのに似て、とても嬉しく、楽しみなことでもある。

III

女子と育児と、もろもろの日々

初めてのカツカレー

大学で教育学部だった私は、地元の小学校に一ヵ月間、教育実習でお世話になった。受け持ちは二年生。夜更かしや寝坊が当たり前のいかにも学生らしい大学生活を送っていた私に、実習前、すでに実習を終えた先輩たちが「大変だよ」とアドバイスしてきた。「課題も多いし、ものすごく痩《や》せちゃった」とため息をつく姿を見て、実を言うと、「え、痩せられるんだ。やったー」と思っていたのだが、そんな考えをよそに、私は教育実習によって、痩せるどころかむしろ太った。

原因は、給食だ。

早寝早起きの規則正しい生活が身について健康になった上に、毎日子どもと一緒にたくさん遊ぶせいでものすごくおなかが空く。三食きっちりと食べるようになり、お昼には栄養バランスが考えられた給食を、子どもたちと一緒になっておかわりまでしていた。

それならそれで仕方ないか、と開き直って、とことん給食を楽しむことに決めた。中でもとりわけ楽しみだったのがカレーライス。経験上、一ヵ月に一度は必ず出るはずだ、と思っていると、ある日とうとう、子どもが教室の後ろに貼られた献立表を指差しながら、「先生、明日はカレーだよ」と報告してきた。「カツカレーだよ！　すごいよ、今までただのカレーは出たことあるけど、カツカレーなんて初めてだよ」「ええっ、本当？　先生ラッキーだったねえ」と答えながら、翌日、給食の時間を迎えた。廊下や教室にカレーの匂いが漂い、子どもと一緒にわくわくと配膳台の前に立つ。――と、そこであれ？　と思った。どこにも、楽しみにしていたカツの姿がないのである。まさか、うちのクラスだけ忘れられた？　と思いながら、おかしいな、と再度確認していると、子どもがしょんぼりしながら話しかけてきた。「先生、ごめん。カツオだった……」

献立表を見直すと、きちんと「カツカレー」ではなく「カツオカレー」とある。給食係がおたまでかき回す鍋の中には、肉ではなく、大きなカツオのかたまりが。

カツがない、とがっかりして俯《うつむ》く子どもの顔が申し訳ないけどかわいくてたまらず、「残念だったね」と、笑って一緒に給食を囲む。

カツオカレーは肉のカレーより甘く、ちょっとハヤシライスのようで、とてもおいしかった。

幸福のスパイス

ある高級レストランに食事に行った時のことだ。横に座る一団がふと気になった。見れば、男性三人に女性三人。そこまで打ち解けた様子がないことなどから、どうやら合コンらしいと察しがついた。

その事実に、私はまず驚いた。ええーっ、初対面の相手との食事にこのお店を選ぶの⁉︎という驚きである。よほどの食通なのか、そもそもこのお店が贅沢に入らない人たちなのか、気になってつい聞き耳を立てると、彼らが「これまで食べたものの中で何が一番おいしかった？」という会話を始めた。

これはさぞや高級なお店の名前が出てくるんだろうな、と想像していると予想通り。「鎌倉のフレンチで出された、普段メニューにない鴨肉」とか、「京都のあの店で食べた鍋」とか様々な答えが並び、さらにそれに「鴨ならあそこもおいしいよ」と追加情報が入る。すごいなぁと半《なか》ば圧倒されながらなおも聞いていると、最後に「君は？」と、その中で一番若そうな男の子に質問が飛んだ。彼は少しはにかんだような笑みを浮かべながらこう答えた。「江の島で食べた、海の家のやきそば」するとと答えを聞いてすぐ、女性陣のリーダー（と勝手に判断）が困惑気味に彼に尋ねた。

「え？　それ、何か特別な味つけでもしてたの？」

意地悪で聞いているわけではなく、彼女は真剣な様子。まさか尋ね返されると思っていなかったのか、彼が「え」と困惑しながら「たぶんソースか塩……」としどろもどろに答えるのが痛々しかった。——彼の答えが本心からだったかどうかはわからない。何しろ合コンは駆け引きの場だから、女心をくすぐるため、素朴な自分を演出してのことだったのかも。あらら、と彼に同情しながら、ふと前に向き直ると、一緒に食事していた親友が、妙に無口になって人の悪い笑みを浮かべている。どうやら、示し合わせたわけでもないのに、お互いに黙ったまま横の会話を聞いていたらしい。

あ、そうか、とその時気づいた。食事をおいしくするのはきっと、誰とどんなふうに食べたか、その時どんなことがあったかという味つけだ。おもしろそうだな、と思うポイントも、だから黙って盗み聞きしようというタイミングも一緒の親友との食事。これはとても楽しく、おいしい。特に私のような職業の人間にとって、おもしろい話は何よりのご馳走だ。

ごめんね、と横の彼らに心の中で謝った。鎌倉で食べた鴨肉も、海辺で食べたやきそばも、ひょっとしたら、大好きな人との思い出の食事だったのかもしれないもんね、と色眼鏡を少しだけ反省する。

自分の好きな商品が売り場から消えてしまう、というのは悲劇だ。

私の友人には、愛用する化粧品が次々廃番になるため、常に十個単位でストック買いしているという人もいるし、また、別の友人は「私が好きになるものは消える運命だから、気に入ったものが棚からなくなるたび『ごめんなさい、私のせいだ！』と思う」とまで言っていた。彼女たちの例はまあ少し大袈裟だとしても、私も結構な頻度で同じような体験をしている。特にそれが食に関することだと、問題はより切実だ。

最近だと、フライパン。カラフルなカラーリングや蓋《ふた》が立てられるところなどが気に入って、七年近く、使わない日はほぼないというくらい愛用していたものがあった。そんな酷使によく耐えてくれたものだと思うが、最近になってとうとうテフロン加工が限界に近づき、二代目を買おうと調べたところ、彼は生産中止になっていた。ああ、そうと知っていたら予備を買っておいたのに、と後悔したが、もう遅い。今は、彼に代わるフライパンを探して、ネットを見ながら毎日たっぷり一時間以上悩む日々。

そんな未練がましい私の目下の心配事は、とあるメーカーのヨーグルトが消えてしまいませんように、というものだ。

数年前ギリシャを旅行した際、どんな料理よりもヨーグルトに感動した。日本のものより水気が少なく、まるで生のチーズのような食感で、かつ、これがどのお店で食べても等しくおいしいのだ。日本に買って帰りたいけど、そこはさすがにヨーグルト。生ものなので泣く泣く諦《あきら》めたのだが、なんと、このヨーグルトが日本でも発売されることになった。早速買って食べてみたところ、正に現地で食べたあの食感！　感激しながら、だけどその時に、はたと心配になった。独自製法だけあって、他のものより値段も高価。今にも売り場から消えてしまうのではないか、と危機感を抱いた。

この子を私が守ってあげなきゃ！　という使命感に駆られ、以来、売り場で見かけるたびにこつこつと買いだめしている。五個六個、とカゴに入れながら、私がいなきゃダメなんだから、と誇らしい気持ちにさえなっていたのだが、先日うきうきと買いに行ったら、売り切れていて一つもなかった。

ええーっ！　と心の中で叫び声を上げながらも「ああ、売れてるのね。良かったわ」と薄い微笑みを浮かべ、売り場を後にした。

気分はまるで、メジャー街道を走り始めた元マイナーアイドルを応援する古株のファンだ。

おにぎりとの再会

おにぎりが好き、という人は多いと思う。そして、私もその一人。もし「最後の晩《ばん》餐《さん》に何が食べたいか？」と聞かれたなら、中学の頃に亡くなってしまった祖母が握ってくれた味噌むすびを、彼女が作ったそのままの味でリクエストしようと決めている。数年前にこのことをエッセイに書いたところ、実家の父が「懐かしい」と喜んでいて、ああ、私にとっての祖母の味は、父にとっては、自分が幼い頃に食べた「母のおにぎり」だったんだなぁと気づいた。

では、私にとっての「母のおにぎり」はというと、それはなんと言っても卵焼きおにぎりだ。のりのかわりに卵焼きで周りをコーティングする。

作り方は簡単。ふりかけを混ぜて作ったおにぎりを、三角形の一面ずつ小麦粉をまぶし、とき卵をつけてフライパンで焼く。物心ついた時から、私は運動会や遠足のお弁当にこの黄色いおにぎりが入っているのが普通で、周りの子のおにぎりと違っていることが子ども心にも嬉しく、「少しちょうだい」と友達が交換を申し出てくれるのも妙に誇らしかった。

大人になって家で再現してみたところ、記憶の味と似ているものの、何かが少し違っていて、幼い頃のことだし、思い出の美化が進んでいたのかも、と残念に思った。

しかし、私は記憶の中の卵焼きおにぎりと十数年振りの再会を果たすことができた。

私の『ツナグ』という小説の中で、主人公の少年の思い出の味としてこのおにぎりを登場させたところ、本の関連イベントで、版元の担当者がこのおにぎりを再現して、関係者にふるまってくれたのだ。「イメージとは違うかもしれませんが」と恐縮した様子で出された焦げ目がついた黄色いおにぎりの心遣いが嬉しく、「ありがとうございます。大事に食べます」と持って帰った。イベントの進行が忙しく、その場では食べることができなかったのだ。

深夜になってようやく帰宅し、アルミホイルで包まれたおにぎりを開いた瞬間、わあっと心がはしゃいだ。記憶の中と同じ匂いが鼻腔《びこう》をかすめる。作られてからだいぶ経ったおにぎりは、ホイルの中でほどよく湿り、表面も少し硬くなっている。

その時に気づいた。おにぎりは、朝に握られて、お昼に食べるものだったのだと。冷めたおにぎりを一口ほおばる。あまじょっぱいふりかけご飯を固めた、周りの卵のほんの少しの甘さ。ああ、子どもの頃に食べたあの味だ、と嬉しかった。

二色ムースのしあわせ

久しぶりに上京してきた妹と一緒にうちの近くの洋菓子店に行った時のこと。

注文した「日向夏《ひゅうがなつ》のプディング」というのを一口食べた瞬間、私の中で懐かしい光景が弾《はじ》けた。よくCMとかで、ガムか何かを食べた俳優さんたちの後ろに、爽快な空気がふわーっと広がる光景を見るけど、ちょうどあんな感じだ。

一緒にいた妹に「食べてみて!」とスプーンを渡し、その妹もまた、食べて、「あ」と声を出す。同じことに気づいたのだとわかる。

子どもの頃、我が家の母がよく作ってくれた「二色ムース」の味とよく似ているのだ。当時、私が一番好きだったおやつ。こんな形でまた巡り合えるとは。しかも、この感動を世の中で唯一わかり合えるであろう妹と一緒の時に。

子どもの頃、我が家は、子どもにケーキやチョコレートなどをほとんど買ってくれない家だった。しかし、そんな中にあって、親が唯一、お菓子を用意してくれる機会があった。

学校の家庭訪問だ。

担任の先生は、何十人という子どもの家をまわるため、事前に「お茶などの用意はご無用にお願いします」とお知らせのプリントに書いているし、ホームルームで子どもにもそう伝えるが、母たちというのはみんな、そんなわけにはいかない、と考える（このあたり、遠慮とか建前とか、大人は難しいな、と子ども心に思ったものだ）。

我が家でも何かを用意しようということになり、母が作ったのが前述の「二色ムース」だった。それまでお菓子を作るところなどほとんど見たことがなかった母が作るとあって、私と妹は最初「きっと、甘くないに違いない」と思っていた。保健師をしていた母は肥満と虫歯をとにかく気にする人で、お正月のお汁粉にさえ、ほとんど砂糖を入れてくれなくて、小豆のお汁みたいに思えたことが苦い記憶として残っていた。

しかし、一口食べてみて驚いた。

オレンジ色の二色のムースは、黄色みの強いゼリーと、クリーム色のムースの二層に分かれ、どちらもとてもおいしい。こんな凝ったものを作ってくれるなんて！　と驚く私や祖母たちに「作り方は簡単なんだよ」と、褒められることに慣れていない様子の母が、照れくさそうに早口になって教えてくる。

なんでも、卵と牛乳、生クリームに、湯煎《ゆせん》にかけたゼラチンと砂糖を加えたジュースを混ぜるだけ。そうすると、ジュースと乳とが分離して、しばらくするとキレイな二層のムースができる。

「ほっといても勝手に色が分かれてくれる」と母が言う。「これで作った」と母が見せた缶ジュースは、お中元などで大量にもらったオレンジのジュースの残りで、そのことも私たちには衝撃だった。

以来、家庭訪問のある春の時期になると、我が家ではこの二色ムースが食べられるようになった。先生や、その時期に遊びに来た友達にも好評で、私もこの時ばかりは「ね、おいしいでしょう」と誇らしい気持ちがしたものだ。手作り、と聞いて驚く担任の先生に、母が「簡単なんですよ」と言いながら、レシピをコピーして持たせていた姿もよく覚えている。

大人になって、我が家の近くで妹と食べた「日向夏のプディング」は、もちろん、母が作ってくれたのよりずっとずっと手間も時間もかけて別のレシピで作られたものなのだろうけど、子どもの頃大好きだったあの味にまた出会えるなんて、と、とても嬉しかった。

実家に帰った際に母にそのことを伝えると、母は「ああ」と気がなさそうに頷いたその後で、「よければ持っていく?」と二色ムースの作り方が書かれた紙をくれた。何かの雑誌を切り抜いたりコピーしたりしたものではなく、黄ばんだ紙に不器用に並んだ文字は、どう見ても母が自分でワープロ打ちしたものだった。子どもの家庭訪問に合わせて、誰かから作り方を聞いたのか、それともテレビか何かでやったものをメモして清書したのか。

このレシピはどうやって知ったのか、と尋ねる私に、母は相変わらず照れくさそうに、気まずそうにしながら「忘れちゃった」と答えるだけで、真相はわからないままだ。

味のないオレンジジュース

『ポカリスエット』（大塚製薬）

共働きだった両親に代わって、幼い頃の私の面倒を見てくれたのは同居する父方の祖父母だった。

果樹農家だった祖父母は、よく畑に私と妹を連れて行った。先に黒いぼわぼわがついた長い箒《ほうき》のような道具で桃の花を受粉させたり、地面いっぱいにビニールシートを敷いて木を揺すり、梅の実をバラバラ落として収穫したり。二人の、庇《ひさし》のついた大きな帽子や、黒くなるほどに使い込まれた汗拭きタオル。畑のどこかでは、熟れて落ちた果実がゆっくりと腐って地に還っていく匂いが常にしていた。

祖父母が農作業する傍らで、私と妹はそれを手伝うこともなく好き勝手に遊び回り、時には隣の畑にまで入り込んで木々の間を縫うように追いかけっこしたり、ままごとに興じていた。

お茶の休憩時間が午前と午後に一回ずつあって、祖母が遊んでいる私たちを「お茶だよー」と呼びに来る。畑の真ん中にシートを敷いて座り、お茶菓子をもらうのが楽しみだった。私たちは麦茶やオレンジジュースを飲んでいたが、祖父の水筒には、缶から移したポカリスエットが入っていて、私はそれを「大人の飲み物」と捉えていた。祖父や祖母しか飲んではいけない、自分には無縁の飲み物だと思った。

水筒のポカリをごくごくと飲み干した祖父が、はあー、と気合を入れるように大きく息を吐き出し、カップに残った僅かな水滴を地面に向けてピッピッと払う。土に小さな模様ができ、黒い点が畑に沁《し》み込んでいくのを見るのが好きだった。それを合図に祖父はタオルで汗を拭い、また仕事に戻っていく。

それから何年か経ち、小学校に上がった頃、祖父と二人で山登りに出かける機会があり、その下山の最中に、ふと祖父から「飲むか？」と水筒のポカリスエットを勧められた。リュックに備えてきた私の分のお茶は行きのルートですでに空になっていて、それしかもう飲み物がなかったのだ。

けれど、私にとって、ポカリは幼い頃から〝大人の飲み物〟。苦いのではないか、私には飲みこなせないのではないか、とおっかなびっくり「どんな味なの？」と聞いてみた。往復三時間近く斜面を歩いていたせいで、喉はからから。背中も額も汗だくだった。

その時に祖父がこう答えた。「味がないオレンジジュースだ」と。

今なら、それが矛盾した表現だとわかる。祖父が言いたかったのはひょっとして、味ではなくて「色がない」だったのではないか。けれど、その時、私は水筒のポカリスエットを一口飲んで、「本当だ!」と感激したのだ。苦いもの、大人のもの、と思っていたものが自分にも飲めるおいしいものなのだと知った驚きは凄まじかった。甘いけど、甘くない。味がない、という表現は矛盾を孕《はら》みつつも、心にしっくりとはまり込んだ。オレンジジュースからオレンジを引いたら、確かにこんな味になるかもしれない。

以来、私にとってポカリスエットは「味のないオレンジジュース」であり続ける。高校生になって甲子園に野球部の応援に行き、スタンドでかちかちに凍らせたポカリが少しずつ溶けるのを惜しむように味わった日も、大学生になって高熱を出し、痛む腹を抱えながら一人暮らしの部屋で冷蔵庫から取り出したペットボトルをがぶ飲みした日も、私は気持ちの上では、「味のないオレンジジュース」を飲み続けてきた。

幼い日の畑で、祖父母が飲んでいた水筒の中のポカリスエットは、きっと少し生ぬるかったろう。毎朝、日課のようにそれを缶から水筒に移しかえていた祖母の姿も、むわっとした暑さに満ちた畑で空を仰ぐようにカップを傾けていた祖父の姿も、時が経てば経つほど、なぜか、歳月に補われるように逆に鮮明になっていく。覚えていたい、と思うからかもしれない。

祖母は私が中学生の頃に亡くなった。祖父は今も一人で畑仕事をしている。数年前、老人会で作ってきた川柳に「畑《はた》が呼ぶ　膝が行くなと引き留める」と書いてあって、胸が塞がるような思いがしたが、膝を悪くしてからも、桃とすももを東京の私の家に送ってくる。私の子がすももを食べられるようになったと教えると、添えられた手紙に「どうぞ差し上げてください」と書いてあって、思わず笑ってしまった。

もう出荷はしていないが、育てた果実は、友達や親戚、お世話になった人たちに送るために作っているそうだ。規模を小さくした畑の一部を近所の保育園に貸し、そこの先生と子どもたちが花や野菜を育てるのを手伝ったりもしている。持っていく水筒には、たぶん、今もポカリスエットが入っている。

もし将来、私の子どもがポカリスエットに興味を示し「どんな味なの」と聞いてきたら、意味が正しくないことを承知の上で私は「味のないオレンジジュース」と答える。教えてくれた祖父自身は忘れてしまっているかもしれないけど、私は、覚えている。

驚きの豆腐

嬉野温泉名物『温泉湯豆腐』（佐嘉平川屋）

嬉野《うれしの》温泉、と誰かに話すと、たまに「あのお豆腐の？」という声が返ってくる。そうなると「そうそうそう！」と大喜びで私も頷き、すぐに「あれ、最初に食べた時にびっくりしなかった？」という話で盛り上がる。

といっても、佐賀県にある嬉野温泉には、私は一度も行ったことがない（いつか行きたい）。

知ったのは、佐嘉平川屋《さがひらかわや》の温泉湯豆腐を食べてから。確か、宅配生協の商品カタログにその週限りのオススメとして紹介されているものを、なんとなく「ふうん、湯豆腐か～」くらいの気持ちで注文したのだと思う。

翌週、お豆腐セットが届いた。

届いた食べ応えのありそうな豆腐と、「これで調理してください」と付いてきた専用の「調理水」、おいしそうな胡麻《ごま》だれを見ても、頭の中はまだ通常の、自分の知っている湯豆腐を今から食べるのだ、という程度の気持ち。そう、私は、この豆腐と「調理水」を舐めていた。

自分の想像が根底からくつがえされたのは、説明の通りに豆腐を「調理水」とともに鍋に入れ、少ししてから。蓋を開けた鍋の中味に、私は、「わあー！　何これ！」と叫んだ。それがどんなふうだったのかは、文章や写真で見るより、実物が一番なので、気になる方には、ぜひ通販することをオススメしたい。

とにかく、違う。これまで食べてきた湯豆腐とは、まったく異なる食べ物として、私は温泉湯豆腐に魅了された。

表面が溶け、白濁した豆腐は、それ全体が鍋の中でスープのようになって、その中でいただく野菜もお肉も、それに魚介も絶品だった。最近流行《はや》りの豆乳鍋というものにひょっとしたら近いかもしれないが、たぶん、そう想像して食べてみても、私は同じように驚いたと思う。

予想を超えた「温泉湯豆腐」は、以来、わが家で誰か人をもてなす際の定番メニュー。気軽に準備できるのに、鍋を開けた瞬間に、人から確実に「この豆腐はなんですか⁉」と驚いてもらえる。評判がいい。通販できる、と教えると、皆が豆腐のパッケージにある佐嘉平川屋の名前をメモしたり、スマホで写真に撮って帰ってくれるのも、私が何をしたわけではないけど、まるで自分の手柄のようで嬉しい。興味のある方は、ぜひ一度どうぞ。

女子と文庫

まだOLをしていた頃、同期でよく飲み会をした。ふとしたことから互いの「好みのタイプ」の話になり、男子から「ショートカットの明るいタイプ」とか「家庭的なコ」という声が上がるのを、私はなんとなく聞いていた。しかし、その時、一人の男子がこう言って、私は驚いた。「本を読むのが似合う人」

同席した他の子たちは「そうなんだー」と、ただ相づちを打っていたが、この答えを聞いた私の衝撃は凄かった。

子どもの頃から、こういう「好みのタイプ」についての話になった時、男子たちが挙げるのはどこか日向《ひなた》の匂いがするような、明るさとか、優しさとか、はたまた外見のかわいらしさとか、目立つ特徴であることが多い。

彼とは長い付き合いであるにもかかわらず、これまで本の話をしたことが一切なかった。聞けば、彼自身は読書家というわけではないものの、だからこそ憧れもあってそういう人がタイプなのだと教えてくれた。

「本を読むのが似合うって、具体的にはどういうシチュエーション？」

「電車の中で、携帯いじったりしてるわけじゃなくて、本を開いてる人を見ると、おっ、て思って興味惹かれるね。あとは喫茶店に一人で座って読んでるとか」

「その本はどんな本だったら、なお好み？」

「うーんと、小さい本あるでしょ？　あれが鞄からさりげなく出てくるとかっこいいなって思う」

小さい本、というのはつまり文庫のことだ。「どんな本」という問いかけにジャンルや作者名ではなく判型を答えるあたり、彼が本の世界にそこまで関心を持っているわけではないことがわかるが、私は嬉しくなった。

読書のような一人でできる楽しみは、同好の士以外には意外と肯定されにくい。本を一人で読んでいる姿は「寂しそう」や「暗い」と言われる対象にすらなりうるし、友達とわいわいやるのが好きで、それこそ日向の匂いをぷんぷんさせるような男の子たちには、およそ理解されないだろうと思っていた。

本の物語の中では、たくさんの知的美人が登場し、それに憧れる男性も数多く存在するが、現実にそんな男子に巡り合ったのは初めてで、「ああ、本当にいるんだ」

と、力をもらえた気持ちにすらなった。——とはいえ、本好き女子の方にも好みはあるから、「本の内容について一緒に話せないなんて」とか、「文庫のことを〝小さい本〟なんて言う人は嫌」という人もいるだろうなぁ、とその時は思った。

しかし、さて。

今回、このことをエッセイに書こうと思いたったのは、先日、私が彼の結婚式に出席したからである。彼自身は、独身時代に自分の「好みのタイプ」を私に語ったこと自体忘れているだろうけど、どうしても気になって、初対面の新婦に、二次会で、「本は好きですか」と不躾《ぶしつけ》に聞いてしまった。そして、返ってきた答えに痺《しび》れた。

「はい。読みかけのものがあったんですけど、今日は鞄が小さかったので、文庫しか入らなくて……」

え？　と思って彼女の後ろをふと見ると、ふわふわのドレスの脇に小さなバッグ。中に、書店のブックカバーがかかった文庫の姿が。

自分の結婚式に⁉　と驚愕したが、「式場で少し待ち時間があるかも」と思ったら「つい」入れてきてしまったのだそうだ。新郎は、別にそれを怒りも呆れもしなかった。彼は確かに自分の「好みのタイプ」を貫いたのである。我が友達ながら、天晴《あっぱ》れ！　どうか、世の文庫好き女子のために、あなたのような人が増えてくれますように。

彼は今では、彼女の影響でだいぶ本を読むようになったそうだ。「これまで読んでなかったけど、辻村深月も読んだよ」と言われ、「ありがとう」とお礼を言う。どうぞ末永くお幸せに、と二人の姿を眩《まぶ》しく眺めた。

キモノのススメ

キモノは、着てみよう、と思った者の勝ちである。

洋服に比べて大変そう、お金がかかりそう、着付けができない——、キモノを敬遠しそうになる理由は多々あると思うが、実は、キモノというのは「着よう」とひとたび思ったら「着られる」。

数年前、仕事の関係でキモノを着ることになった私は、途方に暮れた。先方には「着てきます」と言ってしまったものの、キモノは成人式で振袖を着て以来ご無沙汰。もちろん、持っていないし、借りるあてもない。着付けもできるはずがない。弱りながら、何人かの友人にこのことを世間話程度に打ち明けた。すると、驚くことにそれまでキモノの話など一度もしたことがなかったような友人や知人が次々、「私持ってる」「貸そうか」「着付けもできるよ」と言い出したのだ。なかには、「実は」と、着付け教室の講師をしている人までいた。

キモノ好きな人は皆、普段から誰かと好きなものの話をしたいと思っているせいか、親切だ。貸してほしいという私の申し出にも嫌な顔ひとつせず、キモノと帯の組み合わせを何パターンも写真で送ってきてくれたり、貸してくれたものにも丁寧なメモ書きをつけてくれたりと、細やかに素人の私を気遣ってくれた。かくして、足袋くらいは自分で買ったものの、ほとんどお金をかけることなく、私はキモノが着られた。

これと同じような話は、私の場合に限らず、よく聞く。同好の士以外ではなかなか趣味の話というのはしないが、ひとたび声をかければ、協力してくれる人は案外多い。そして、キモノ姿の私を記事で見た、という別の友人からまた「実は私もキモノが大好きなの」とか、「あの半襟の刺繍が素敵だったけど何かゆかりのあるものなの?」と連絡が来る。そう聞かれたことで、半襟を貸してくれた人に話を聞くと、「亡くなったおばあちゃんが自分で刺繍したものだから、褒められて嬉しい」と、またそこで話が弾む。

キモノを着る、というのは、確かに準備がいるイベントだ。だからこそ、飛び込むことで、普段は見えなかったものが見えてくる。身近な人の知らなかった一面、優しさや気遣いに触れる機会を、私はキモノを通じて何度ももらった。

コミュニケーションツールとしてのキモノ。オススメである。

成人式の日

成人式の日、実を言えば高校時代の親友たちに会うのが少し、後ろめたかった。

小学校の頃から小説を書くのが好きで、高校生になると読んでくれる友達に恵まれるようになった。彼女たちから「続きが読みたい」と言われたことで、初めてプロになれるかもしれない、と思った。

卒業する時、「大学に行ったらもっと本格的にたくさん小説を書いて、早くデビューできるようにするね」と話した。

大学に入って、小説は書いていたけれど、デビューにはほど遠い状態にあった私は、その時の約束が守れていないような気持ちになっていた。情けなかった。

晴れ着姿で「ひさしぶり」と挨拶を交わし合う親友たちは大人っぽくきれいになっていて、当然のことながら、作家になっていない私のことなど誰も責めず、気にもとめていないようだった。一緒にたくさん笑って、話して、写真を撮って、そして別れた。

それから数年が経ち、社会人になってから、私の小説が賞をもらうことが決まった。デビューが決まって喜ぶ私を、周りの友人や職場の人たちは「おめでとう。夢がかなったんだね」と祝ってくれた。

しかし、高校時代からの友人たちだけは、こう言った。

「おめでとう。でも、いつかなれると思っていたから驚かないよ」

彼女たちだけは、私の「夢」を「夢」と思わなかった。大それた、わがままな夢だったはずの私の道を、みんながそうやって見守っていてくれたことに、この一言をもらうまで、私は気づいていなかった。

「今まではノートのコピーで読んでいたから、これからはものすごく読みやすくなるね」と言ってもらった私の本は今、書店に並んでいる。

今でも時々、思い出す。成人式の日の私に、そして、こう言ってやりたくなるのだ。

後ろめたく思うことはないから、顔を上げて、堂々と笑っていていいんだよ、と。

あなたのことを、あなた以上に信じてくれている人たちが、きっといる。

〝ジャイアン〟の男気

大学生の時、小学校に教育実習に行った。副担任として受け持ったのは二年生。自分の子ども時代を追体験するような思いで彼らの世界に身を浸すと、子どもの行動は今も昔も驚くほど変わっていなくて、「あー、こんなことあった、あった」という懐かしさに何度も襲われた。

クラスの中で人気があるのは、いつの時代も、サッカーや野球が得意な、しゅっと背が高くて細いタイプの男子たちで、女子が〝好きな人〟として挙げる名前も、彼らのものが圧倒的に多い。ヒーローものの〝ごっこ〟遊びをするときも、主役をやるのは彼ら。私自身、子どもの頃はそんな男子に憧れていた。

その一方で、クラスの中には、私の時代にもいたような、体格のいいガキ大将タイプもいる。仮に彼を〝ジャイアン〟としよう。声が大きく、リーダーシップも取れるし、運動神経もいいのだが、どっしりと体の大きなジャイアンは少し近寄りがたく、女子からはあまり人気がない。私の実習クラスにいたジャイアンも、そんな子だった。

実習に入った一週間後に、クラスに転入生がやってきた。背の小さな男の子で、席はジャイアンの隣。

ある日、何のきっかけだったたか、ジャイアンと彼が喧嘩《けんか》になった。担任の先生とともに止めに入ると、ジャイアンは顔を真っ赤にして「あっちの方が先に叩いてきた」と転入生を指さす。転入生も否定はしなかった。けれどその時、先生がこう言った。

「そうかもしれないけど、体の大きさを考えろ！」

考えてみれば酷な話だ。体格差はあるかもしれないけれど、彼らはともに中身は同じ小学二年生なのだ。けれどジャイアンはそれきり何も答えず、黙ってしまった。

実習の終わり頃、同じ二人がまた喧嘩になった。「殴り合ってる」と言われて、あわてて飛び込んだ教室で、けれどその時、私はすごいものを見た。

興奮して暴れる転入生を、ジャイアンが、まるで抱きしめるように胸でがっちり受け止めていた。がむしゃらに振り上げられる相手の拳を、頬や額、脇腹に受けながら、やり返さずに、大人が来るまでずっと耐えていた。二人は殴り合ってなどいなかった。

その時に思った。彼みたいな子こそが、ヒーローなのだと。

そして、こういう子は、私の頃にもいたのだろう。わかりやすく人気のある男子の陰で、密《ひそ》かに強く、大人になろうと決意する子が、私の時代にもきっといた。

実習を終え、それから数ヵ月後に、その小学校の遠足に招待された。転入生とジャイアンは、その時、笑いながら一緒にシートをくっつけて二人でお弁当を食べていた。「あげるよ」と、拾ったもみじの葉っぱを私にくれるときも一緒にやってきて、去りゆく二人の背中を見ながら、私はなんだか彼に感服したような、頭が下がる思いがしたのだった。

輝ける花

『ゼロ、ハチ、ゼロ、ナナ。』という小説の中で、二十代前半の女の子たちの合コンの様子を書いた。主人公の一人であるチエミは、合コンが終わった後で、必ず居酒屋の机の下を覗き込み、誰かの忘れ物がないかどうかを確認する。他の子が男の子と先に行ってしまっても、一人でその後、時間のかかるロングブーツを履き、「遅れてごめん」と謝りながら皆に追いつく。

誰かに褒められることなんてまったく期待しないその気遣いを、もう一人の主人公であるみずほは「得のない善行」と捉える。自分を印象づけようと料理を取り分けたり、飲み物の注文を手際よく取ったりという目立つアピールの真逆にある、「モテ」に直結しない損な厚意だとシニカルに分析する。実際、話の中のチエミはモテない。

しかし、この本を書いてから数年経ち、私自身が二十代から三十代へと年を経た今、果たしてそうだろうか、と考えるようになった。

「モテ」とは確率である、と言った友人がいた。彼女は私と同年代の優秀な保険の営業職で、この「確率」には、いろんな意味があると教えてくれた。アタックしてそれがOKされる回数、人に出会う場所へ行った回数——、運命と確率の分母は多いに越したことはないそうだ。なるほど、いかにも営業職の彼女の論理だと感心した。

つまるところ、「モテ」とは、年代や場所に応じて、いかにその場にふさわしい花を咲かすことができるかどうか、ということだ。二十代前半の勢いにまかせた合コンの席では、目立つ大輪の花ばかりが注目されたかもしれないが、赤という色に興味がない人に深紅の薔薇だけを差し出したところで、そこには何も生まれない。

冒頭のチエミの例に戻ると、あの場で彼女の気遣いは人の目に留まることはなかったかもしれないが、たとえば、これが職場や、全然別の場所だったらどうだろう。見返りを期待しない控えめな、かすみ草のような心遣いに気持ちを動かされる人はきっと多い。

自分に合った場所と巡り合うのは、あとは確率だ。大事なのは、自分が花であるという自覚を失わないことなのかもしれない。

余談だが、普段は引き立て役の暗喩のように言われる、かすみ草のみで作った花束を以前見たことがある。ふわっと大きな存在感に溢れ、迫力さえ感じる、とても素敵な花束だった。

「大丈夫」「大丈夫じゃない」

出産して、書く小説に何か変化はありましたか、という質問を受けることが多くなってきた。そうですねぇ、と考えながら答えを迷う。ひょっとしたら、言葉の選び方や気持ちの描写の仕方が多少変わったかもしれない。

そう思った描写の一つに、「大丈夫」という言葉がある。

シングルマザーの登場人物を書いた時のことだ。これまでだったら、ただ単に「一人で育児をすることが不安」とだけ文章にして、それでおしまいにしたかもしれないところを、私は「誰かに〝大丈夫〟って言ってほしい」と書いた。後になって振り返ってみると、これは私が育児中、特に子どもがまだ一歳未満の時に実感していたことだったんだと気がついた。

都会で子育てをしている多くの家庭が、距離の問題から双方の実家に頼ることができない、お母さんの〝孤育て〟の状態に陥っているとよく聞く。

子どもが熱を出したり、怪我をしたり、初めてのことが起きた時、経験から「大丈夫」と言ってくれる人が周りにいない不安を、多くのお母さんが抱えながら過ごしている。私自身、子どもの急な病気にパニックを起こして、何度も「大丈夫かな？」と山梨の実家に電話した。普段どちらかといえば神経質なはずの母が、その時ばかりはゆったりと構え、「大丈夫。あんたもよく吐いたよー」と聞かせてくれた声にどれだけ安堵したか。

そして、「大丈夫」という言葉には、いろんな使い方がある。

二歳になる子どもをお願いしている保育園から、「熱が出ました」と電話がかかってくると、締め切りの迫る仕事をバタバタと片づけて、お迎えに急ぐ。中には取材など出先からすぐに向かえない時があって、「ごめんなさい、何時までには必ず」とか、「あと、二時間ほどかかってしまいそうです」と申し訳ない気持ちで電話口で頭を下げることもある。

ある時、そんなふうに駆け込むように保育園に駆けつけ、先生たちに謝りながら子どもを抱き上げ、「ごめんね、大丈夫だった？」と話しかけた。するとその時、先生の一人からこう言われた。

「大丈夫じゃないと思う」と。

「本人はまだ言葉にできないけど、つらいと思う。大丈夫じゃないよ」

その言葉にはっとした。人からもらいたい「大丈夫」を、私は自分から無意識に口にしてしまっていたのだ。先生にお礼を言い、病院に寄る帰り道、そういう言葉をくれる人が周りにいて本当によかったと思った。

今、モンスターペアレントという言葉があったり、学校と家、先生と保護者との関係は難しい場合も多い。その中で、子どもの立場から、親に聞こえない声を届けることは、時に勇気だっているだろう。だけど、話すことをやめてしまったら、子育ては、どんどん親だけに都合よく「大丈夫」なものになってしまう。「大丈夫じゃないよ」と言い続けてくれる人の存在は、とても得難く、貴重なものだ。

思えば保育園に通い始めたばかりの頃、慣れない園の生活に、ハンストを起こすようにして子どもがご飯を食べなくなったことがあった。不安がる私に「大丈夫！　おなかがすけば食べるから」と教えてくれたのも、同じ先生だった。

「人見知りをする子は、お母さんにだけ面倒をずっとみてもらってきた幸せな子なのかもしれないね」と、産後間もない頃に、母に言われた。そう言いながらも、その母が、次の日は笑って「いい保育園に入れるといいね」と、孫の顔をなでていた。

保健師をしていた母は、産後二ヵ月で職場に復帰したと聞いていたが、それがどういうことだったのかを、私は自分が母親になって初めて考えた。きっと、母もまた、後ろ髪を引かれるようにして仕事をしてきたのだろう。お昼休みに家に戻って、片手で自分のごはんを食べながら、もう片方の手を使って私に授乳をする。夜には時間をかけて、翌日分の母乳を搾り、冷凍して仕事に出かけていく日々だったそうだ。

私が小説を読むことも書くことも、「遊び」だといい顔をしなかった母だった。それが今、それを「仕事」だと理解して、私の背を押そうとしてくれている。

私の育児生活は、いろんな人からの「大丈夫」と「大丈夫じゃない」を受けて、今日も続いている。

直木賞を受賞した翌日、保育園にお迎えに行くと、たくさんのお母さんや先生たちから「おめでとう」を言われた。受賞おめでとうございます、という意味もあったけれど、もう一つ。実は、その日はうちの子の一歳の誕生日だったのだ。「親子でおめでとうございます」とにこにこしながら言ってきてくれる先生たちの言葉に、「ありがとうございます。先生たちのおかげです」とこたえる。

誇張ではない。子どもが無事に一歳を迎えられたのも、私が仕事できるのも、本当に、保育園のおかげだ。

保育園に通いはじめた頃、慣れない園の生活にハンストを起こすように子どもがごはんを食べなくなった。心配して涙目になる私に、「大丈夫！　おなかがすけば食べるから」と栄養士さんも担任の先生たちも言ってくれた。あの言葉が、どれだけ頼もしかったか。

その後、うちの子はクラスで一番の食いしん坊になり、今は、調理師の先生から「子どもが食べないことを不安がる他のお母さんたちに、こういう子もいました、とお話しさせてもらっています」と声をかけてもらえるまでになった。

そんな保育園の生活を通じて、子どもと、先生たちから教えてもらったことがある。

それは、私の仕事は、私だけでどうにかなるものではなくて、子どもが保育園でがんばる時間をもらってできている、ということだ。

行くのをイヤイヤしていた子どもが、自分からリュックを背負って「かーか！　バイバーイ！」と手を振ってくれるようになるまで、何度も心配したし、仕事をすることへの葛藤もあった。だけど、保育園は、そんな私の背を力強く、そして軽やかに押してくれた。

それはきっと、私だけに限ったことではないと思う。朝、子どもと先生たちが「いってらっしゃい」と手を振ってくれるたび、「大丈夫。だからがんばって仕事してください」、とみんなに送り出してもらっている気がする。

そして、こんなこともあった。

その日はたまたま、取材先から保育園にタクシーでお迎えに向かった。保育園の名前を告げても、その場所に園があることを知らない運転手さんもいるため、そういう時はだいたい、近くの交差点や、目印になりそうな公園の名前などを告げて近くまで行ってもらうのだが、その日は目印を話してすぐ、運転手さんから「ひょっとして○○保育園にお迎え?」と聞かれた。

「そうです。ご存じですか?」と尋ねる私に、六十歳近い運転手さんがにっこり笑顔になる。

「知ってますよ、うちの子は二人ともその保育園に通いましたから」というこたえが返ってきて、「えー! そうなんですか!」と思わず声をあげた。運転手さんが照れくさそうに、「もう二人とも社会人ですけどね。懐かしいなぁ」と続ける。

「お子さんが通っていた時のこと、覚えていますか?」

「そりゃあ、もちろん。月曜日はお昼寝のシーツの支度をしなきゃならないから、朝、いつもより早く行かなきゃな、とかね。よく覚えてます」

車が到着し、料金を支払う際に、運転手さんがふっと窓の外を眺め、「ああ、いい季節だ」と呟いた。ちょうど春で、桜が咲いていた。

「この保育園が一年で一番きれいな時だね」

保育園は、いろんな家庭の、やがてはそんなふうに〝懐かしい〟と思える時間に寄りそう存在なのだろう。

今は二歳児の育児にてんてこ舞いな私も、何年か先にこの場所に来て、きっとあの運転手さんと同じように目を細め、桜を見るに違いない。そういう場所が自分たち親子にあることを、とても幸せに思う。

紙に帯びる歴史

どうして小説を書き始めたのですか、という質問をまま受ける。そういう時、私の答えは決まっている。

「映画や漫画や音楽や、総じてフィクション全般が好きな子どもでしたが、小説は紙とペンがあれば始められる。一番気軽だったからです」

長年こう答えてきたが、ふと立ち止まって考える。紙とペンがあれば、というこの答え。実は、本当はとても贅沢なことだったのではないか。

先日、旅行先で輸入アンティークを扱う雑貨店に立ち寄った際、とても素敵なメモスタンドを見つけた。ハリネズミの形をしていて、蛇腹の背中の部分にメモを挟めるようになっているのだが、これが海外のペーパーバックのような本から作られていた。本を開いた状態で全部のページをメモスタンドになるように台形に折り込み、貼り合わせ、その上に、革製の耳と、ボタンでできた目と鼻をくっつけ、ハリネズミの顔を作る。体を裏返すと本の表紙が半分ずつ確認できるという格好だ。

いかにもアンティークショップ然とした、茶色く灼けた背中の紙の風合いに魅せられて足を止め、それが本からできていることを知って驚嘆していると、店員さんに「それ、私たちが古本から作ったわけじゃなくて、仕入れに行った先で見つけた時からこの形だったんです。向こうで誰かが暇つぶしに作ったのかもしれないですね」と説明された。

裏返した元の本の表紙には、オーストラリアドルとニュージーランドドルの価格表記があり、店員さんの言う「向こう」に思いを馳《は》せる。細かいこの紙の折り作業を、誰がどんな状況と気持ちで行ったのか考えていたら、無性にこの一点物のハリネズミが欲しくなった。

いらない古本から作ったわけではなく、むしろ、作り手はお気に入りの一冊をこそ、このハリネズミにしたのではないか。確かに読めなくなってしまうけれど、読み返さなくても傍らに置いておきたい本というのも、世の中にはある。

茶色みを帯び、古い紙特有の匂いを封じ込めたページの一枚一枚は、作られた当時はまだ真っ白だったかもしれない。それが遠い海の向こうから来て、今私の部屋にあるという不思議。紙は、誰かの歴史を色と匂いに表しながら、人から人の手に渡る。

いつか、自分が書いている本も、誰かにこんな形で傍らに置いてもらえたら幸せだ、とすら思う。

ルーズリーフやキャラクターもののノートに書きためた子ども時代からの私の小説は、今もファイルに束ねて保管してある。「紙とペンがあればできる」と思って始めた直筆のつたない文章を書きつけた紙の束が、今少し黄ばんで年月を帯び始めたことが、私はちょっと、誇らしい。

「岡島《おかじま》」の本屋さん

もう時効だと思うから告白するけれど、高校時代、私は好きな本の発売日によく学校をサボった。「病院に寄っていきます」と嘘をついて、書店が開くのを待っていたのだ。

私が開店を待ち侘びたのは、県庁所在地・甲府にあるデパート「岡島百貨店」（通称・岡島）に入っていた紀伊國屋《きのくにや》書店。

駐車場を探すのが大変、という理由で甲府の市街地には、子どもの頃、ほとんど連れて行ってもらえなかった。けれど、映画を観に行く時や、習い事の発表会など、用事がある時に寄ったデパートの中の書店は、なんだか特別な感じがして、私がその頃よく利用していた町の書店さんとは少し違って感じた。

「本がたくさんある」というそのままの感想を口にすると、父が笑ってこう言った。

「そりゃそうさ。東京にもある大きな書店だから」。全国チェーン、という言葉すら知らなかった私は、素朴に、そうか、東京にもあるのか、すごいな、と父の言葉に圧倒された。

ネットもまだ普及していなかった時代だ。今はそんなことはないのだろうけど、山梨に住む私のもとに、発売日当日に本が届くことはまずなかった。「東京にもある大きな書店さんならば」という単純な理由で、私は新刊の発売日、学校をサボってデパートの開店を待った。

進学校と呼ばれる学校に通い、遊びに奥手だった私には、大袈裟ではなく、好きな作家の新刊が読める、ということはその頃、一番の楽しみだった。

もし大人に見つかったら、「病院に行った帰りなんです」と言おう。小心者の私は、制服姿のまま、びくびくしながらデパートの前のミスタードーナツでコーヒーをおかわりして時間をつぶし、ようやく開店したデパートで顔を伏せながら紀伊國屋書店に向かう。――売り場で、待ち侘びた本の姿を見た時の喜び。あるいは、見つからず、店員さんに尋ねた時に「うちに入るのは明日です」と言われた時の絶望。その両方を、今も色濃く覚えている。

新刊を手に、みんなより遅れて学校に行くと、事情を知るクラスメートたちが「買えた?」と声をかけてくる。「買えなかった」と答えた時は、「明日の放課後、また一緒に岡島に行こうよ」と慰めてくれた。

私が制服姿であっても、目をつぶってくれたあの頃の書店員さんたちに、今でも感謝している。好きな本の宣伝ポスターやＰＯＰが欲しくて、「不要になったらくれませんか？」と言う私に、彼らは律儀にもしっかり対応してくれて、その後、掲示が終わった頃にきちんと連絡があり、ゆずってくれた。

大好きだった「岡島の紀伊國屋さん」が町から消えたのは、私が大学生の時だった。他のデパートに入っていた書店も次々と姿を消し、デパートそのものも思い出の町から撤退していくような状況を、私は郷里から離れた土地でもどかしく見つめていた。帰ってきた時に迎えてくれる大事な場所がひとつ、またひとつとなくなっていく気がした。

思ったのは、あの頃の私のように本を愛する後輩たちは、どこであの思いをするのだろうか、ということだった。学校をサボり、後ろめたい気持ちでドキドキしながら、書店の開店を待つような思いを、彼らにも経験してほしかった。

紀伊國屋さんが去ってからしばらくして、岡島に三省堂《さんせいどう》書店が入った。

私はその頃、大学を卒業して再び山梨に戻り、ＯＬをしていた。嬉しくて、仕事帰りに立ち寄った三省堂さんで、そして私は懐かしい再会を果たす。なんと、高校時代の同級生がそこで書店員をしていたのだ。学校をサボって新刊を買い、戻った教室で私に「買えた？」と聞いてきてくれたうちの一人。私はその頃、作家になったばかりで、彼が作ったPOPが私のデビュー作の前に飾られていた。「山梨県出身作家・辻村深月」と書かれた文章の下に、「売り場から支えます」と彼が書いてくれているのを見て、胸が熱くなった。

その後、三省堂さんも「岡島」から姿を消し、そこで書店員をしていた私の同級生も、県内の別の書店に移った。

市街地のデパートにある書店さんというのはなかなか難しい面もあるのかもしれない、と心を痛めていた私のもとに、今度は岡島にジュンク堂書店さんが来る、という情報がもたらされた。

この時の私の喜びは計り知れない。もう山梨には住んでいない私だけど、思わず「ありがとうございます」と声が出た。私の後輩たちが通える場所が、地元のデパートにきちんとある。それは、私自身の本を読むのが楽しくてたまらなかった頃の思い出と共鳴し、とても他人事とは思えないくらい、嬉しかった。

そして、「岡島」にジュンク堂さんがオープンしてしばらくして、店長さんから「『辻村深月書店』をやってみませんか」と声をかけてもらった。私が影響を受けてきた本を並べ、薦める棚を作ってもよい、と言われたのだ。嬉しく、二つ返事で「ぜひ！」と答えた私の選書は、かつて高校の時にデパートが開くのを待ち侘びて買ったタイトルも多く並んだ。岡島のジュンク堂さんには、三省堂さん時代に働いていた書店員さんも何人かいて、「郷里の後輩たちをお願いしますね！」と思わず、彼らの手を取った。

今、幸運なことに作家になり、地方のデパートに入る書店さんに足を運ぶことも増えた。

いろんな県のデパートに入る書店さんの前を通ると、棚の感じやお店のロゴに、それぞれの、私の思い出が響き合う。

そこで立ち読みをする制服姿の子たちを見ると、まるで、その子たちが自分の弟妹か何かみたいに愛おしい。この場所から旅立っていく本は幸せだ、と心底感じる。

遠く、離れていても

私と新幹線

作家になって初めてサイン会をさせてもらえることになった際、出版社から、「どこの書店でやりたいか、希望はありますか」と聞かれた。

東京に住み、贔屓《ひいき》にして通っている書店は数あるが、その時、私はこう答えた。

「できたら、東京駅の近く。新幹線でやってくる人たちが来やすい場所にしてください」

私も地方出身で、高校時代、好きな作家のサイン会のために上京したことがある。遠くから来てくれる彼らの負担が少しでも軽いように、と思ったのだ。

かくして、東京丸の内にある書店で行われたサイン会は、当初、どれくらい人が来てくれるものかと心配していたが、大阪や名古屋、滋賀や福岡といった様々な場所から読者が来てくれた。「朝、何時起きでした」とか「ひさしぶりに新幹線に乗りました」と言ってくれる彼らは、その土地土地の地方銘菓をお土産に持ってきてくれて、私も「わー！　赤福」とか、「ここの八ツ橋大好きです」とか思わず声をあげて、それらを受け取った。東京駅近くでのサイン会開催が叶ったせいか、特に、東海道新幹線沿線の地方銘菓は、各駅ごとに並べて地図ができそうなほどにたくさんいただいた。

今も、都内で講演会などのイベントがあると、遠くから来てくれる人たちがいる。そういう人たちに会うと、「遠くからわざわざありがとうございます」と、もちろんお礼を言うが、実は、その人たちへの感謝を一番感じるのはその当日よりも、自分が新幹線に乗って地方に向かう時だ。

あの人たちはこれに乗って、この道のりをこんな景色を見ながら東京まで来てくれたのだなぁと思うと、車窓から見る景色がいとおしく、新幹線で過ごす空気をぐっと身近に感じる。遠くから来てくれる読者にじわじわ感謝が湧いてきて、「次に来てくれた時には、私も名古屋まで行った話をしよう」というような気持ちになる。いつもお土産でもらう銘菓をその土地で見ると、ああ、この店で買ってくれたのかなぁと思ったりもする。

思うに、自分が新幹線に乗ったり、旅をする時、こんなふうに、同じ道のりを辿った周りの人についてまで思いを馳せてしまうのも、新幹線の旅のよいところではないかと思う。

たとえば、うちには子ども用の〝新幹線形靴下〟が、五足ある。

これは、新幹線停車駅の売店でよく売られているもので、履くと、足のくるぶしから下がちょうど車両の形になるようにデザインされている靴下だ。「鉄下《てつした》」という名前がついている。三歳になるうちの子どもは新幹線が大好きなので、最初の一足は、私が大阪に出張に行った時、新大阪の駅で買った。

普段は靴下を履くのを嫌がる子どもが、「ほら、足が新幹線になるよー」と言うと、喜んで履く。「大好きで、こればかり履いている」と友人に話したところ、彼女が旅先で同じものを見つけ、お土産に買ってきてくれた。

「たくさん履いてると、よれよれになっちゃうもんね」

かくして、靴下は二足に増え、それをまた履く。すると今度はそれを見た仕事相手の編集者が「なんですか、それ。かわいい」と目を留めて、今度はその人が出張先から「今、売店で見つけて、『これか！』と思って一足買ってしまいました。ご迷惑でなければもらってください」とメールをくれる。そんなわけで、うちには、新幹線の靴下が途切れない。子どももご満悦だ。

引き出しにいっぱいになった新幹線の靴下を見ると、幸せな気持ちになる。それは、皆がプライベートや仕事で行った新幹線の旅のさなか、ふと、私たちのことを思い出してくれた瞬間があるということの証《あかし》だからだ。

遠く離れた場所にいても、思える相手がいるということ、思ってもらえる人がいることは、とても得難い幸せだ。

新幹線は、そんな私たちの思いを乗せ、つないでくれる。

「大人の薦める本」

小説を書く時にいつも思うことがある。それは「大人が薦める本にならなければいいな」ということだ。

十代の頃、私はミステリやSFが好きで、小説を読むのが楽しくて楽しくて仕方なかった。ノベルスやライトノベルも大好きで、のめり込むようにその世界に没頭したが、その時に、周りの「大人」からこう言われた。

「そんな本ではなくて、もっときちんとした本を読みなさい」

何が「きちんとした本」で、何がそうでないのか。おそらくはそれを言った当人たちにもわかってはいなかったと思う。私はこの言葉に反発し、「大人」の感性が信じられなくなった。この人たちが薦める本におもしろいものがあるはずがない、と決めつけ、以降、もしおもしろかった場合には「大人が薦めなかったらもっと早く読んだのに！」と彼らを恨むようになった。

そして、そんなふうに思う反面、自分の好きな作家の文章が学校の試験問題に出題されたりすると心がはしゃぎ、「うわぁ！　大人のくせにやるじゃん」と偉そうに思ったりもした。

今、そんな私の小説が試験問題として出題されることが多くなってきた。私はこれが、とても嬉しい。

「勉強」の対極に、遊ぶような気持ちで書き続けてきた小説が、あの頃の「大人」を打ち負かしたような、そんな気がしている。願わくば、当時の私のような子が、それを見て「うわぁ！　辻村深月を出題するなんてやるじゃん」と思っていてくれたら、なお嬉しい。

「大人」のお墨付きではなく、自分が見つけて選び取った、とそう思ってもらえるような小説を、これからも書いていきたい。

　先日、縁あって和歌山県にある高校で授業をすることになった。新聞社の企画で実現したもので、その高校は二年続けて私を指名して申し込んでくれたのだ。

　当日、学校に行く前に、先生たちから教えてもらったお店でお昼を食べた。駅を出てからタクシーで向かう道は土手沿いで、どこまでも続く河原の情景が素晴らしかった。脇に続く民家には紅葉した木々。中でも熟れて色づいた柿が、太陽を受けてたくさん光っている。

　お店に着き、通された部屋は窓の向こうに河原が一望できた。柿の葉寿司や炊き込みごはんなどを堪能《たんのう》した後で、どこからか「きちちち、きちちち」という音が聞こえる。おや、誰かが鳥の声を携帯の着信音にしてるんだな、と顔を上げると、その場にいた記者もカメラマンも、全員が顔を上げてお互いを見ている。「携帯ですか？」と一人が聞いて、その場の全員が「私じゃないです」と首を振った。

その時、窓が開いていることに気づいた。晴れた、とても気持ちのいい日で、窓辺に寄った私は、思わず、あ、と息を呑んだ。

「雉《きじ》！」と叫ぶ。

河原に、桃太郎の絵本で見るのとそっくり同じ鳥が悠然と歩いている。みんなも「ええーっ」と声に出して寄ってきて、しばし、その姿に見惚《みと》れた。

お店の方に伺うと、この辺りでは当たり前によく見られるのだそうで、珍しいことではないそうだ。「お客さんたちは和歌山の人ですか」と聞かれる。「いいえ、東京です」と答えると、「ああ。なら、柿を出しても構わないですか？」と尋ねられた。

「和歌山の人だったら特に珍しくもないでしょうけど、東京の方なら」という控えめな言い方に「いやいや、ぜひ食べたいです！」とお願いする。柿は実がきゅっと硬くて甘く、とてもおいしかった。

満足して、いざ授業をする高校へ。

校舎に入る前に、小さな黒板が置かれていて、私を歓迎してくれるメッセージが。私の小説のモチーフである雪の結晶の紙細工やクジラの絵がたくさんちりばめられている。

授業をするのは図書室。案内されて階段を上り、廊下を歩く途中、生徒たちが作った〝道具〟が壁や手すりにいくつも貼られていた。タイムマシンやタケコプター、アンキパン――私の好きな『ドラえもん』のひみつ道具たちだ。色画用紙や折り紙を使って作られた、手作りのひみつ道具に感動しながら進んでいくと、今度は、図書室のドアが真っピンクに装飾されていた。案内をしてくれていた先生が、にこにこしながら「では、〝どこでもドア〟を開けて入ってください」と促してくれる。

ドアを開くと、生徒たちは皆、制服のおなかにドラえもんのようなポケットをくっつけていた。自分たちの名前を書き、名札にしている。入ってきた私にも「こちらをどうぞ」とどら焼きの絵と私の名が書かれたポケットをくれた。

全員で、『ドラえもんのうた』の一番を歌ってくれた後で、「今日はよろしくお願いします」と挨拶されて、早くも感激してしまう。

授業では、私は、みんなに「身近な誰かに手紙を書こう」という宿題を出していた。書いた後でその相手にも返事をもらってきてもらう。

提出してもらった手紙を見ると、みんなのことがだいぶわかっておもしろい。同じ書道教室の先生に何人も生徒が手紙を出していて、ああ、この町にはすごくいい書道教室があるんだな、ということがわかったり、中には、司書の先生から「あなたが去年から続けて応募したおかげで辻村さんが来てくれることになって、本当によかったね」と返事をもらっている子もいた。

授業では、その宿題を受けて、同じ相手に今度は「出さない手紙」を書いてもらう。実際に出す手紙と出さない手紙ではどんなふうに違うかを考えながら書いてもらった。

詳細は書けないのだけど、そうやって書いてもらったみんなの手紙は力作揃いだった。宿題で書いてもらうのと違って、考える時間が少ない分、その場で書いた生の言葉は迫力がある。照れくさくて言えなかったという先生への率直な感謝や、友達に本当は直してほしいと思っていることなどが、伸びやかな言葉で紡がれていた。

授業の最後、先生や生徒たちから、「お礼です」と、花束とお菓子をもらった。ホテルについてから改めて見ると、お菓子は、高校とほど近いお店の銘菓で、花束にも季節を感じるススキが多く入っていた。あとは名物の柿を使ったドレッシングも。

きっと、このあたりで一番おいしいお菓子屋さん、一番素敵な花屋さんを選んで、精一杯私をもてなす方法を考えてくれたのだろう。お昼の場所として提案してくれた、あの雉を見たお店も、みんなで考えに考えて提案してくれたのだろうなぁ、と遅ればせながら気づく。先生や生徒たちから当日、何度も「ありがとうございます」と言われたが、それは私のセリフだ。

和歌山に行って、本当によかった。

いじめられている君へ

大好きで夢中になれる「何か」を見つけてほしい。それはきっと、海に投げ出された時にしがみつけるブイのように、つらい現実に溺《おぼ》れそうな自分を救ってくれる。

小中学校のころ、友達とうまく付き合えなかった。教室で数人ずつの班を作る時、自分だけ余ってしまうようなこともよくあった。学校は楽しい場所ではまったくなく、周囲から「友達がいない」と見られているのかなと思うたび、自分が恥ずかしく、心配する親にも申し訳なかった。

そんな私を救ってくれたのはフィクションの世界だった。当時の自分を振り返ってみて、そう悪い少女時代でもなかったと思うのは、ゲームやアニメ、ライトノベルにのめり込み、それらの世界を教室の現実と並行して楽しんでいたからだと思う。

読書やゲーム、アニメのような一人でできる楽しみは、しばしば「暗い」という言葉で表現されたり、「オタク」だとバカにされたりする。実際、私もそれでつらい思いをした。でも、それは現実逃避なんて言葉が似合わないほど、まぎれもなく私の現実の一部だった。

今、文学賞を受賞したりすると、小説を書くって、すごいことのように言われてしまう。けれどそれは、かつて好きだったフィクションの世界の延長線上でやっているだけのこと。ゲームやアニメは、小説と同等の価値があると思っているし、私が好きだったもののことは、誰にももう絶対にバカにはさせない。

悲しいけれど、いじめって絶対になくならない。悲劇はどこででも起こりうる。アイドルでも、スポーツでも、何でもいい。つらい状況に追い込まれる前に、夢中になれるものを見つけて、自分の心を豊かに強く、保ってほしい。

マムシの記憶

毎年、年始に母方の親族が集まり、新年会をやる。私の母方のいとこは、一人を除いて全員が女性。新年会の集まりも、だから毎年華やかな反面、とてもやかましい。今年の新年会の席で、叔父の一人から「なあ、お前たち、じいさんからマムシをもらって食べてたよな」と言われた。まったく忘れていたことだったのだけど、その一言に、いとこのみんなと顔を見合わせる。記憶が刺激されて、たちまち「食べた！」、「懐かしい！」と皆で声を上げた。

私の母方の祖父母は、山梨の、かなりの山奥に住んでいた。町の目玉は「信玄《しんげん》の隠し湯」と呼ばれる温泉だが、そうした温泉がある場所からもかなり外れた、山肌を切り開いたような集落だ。子どもの頃は、毎年お盆とお正月にいとこで集まり、山に登ったり、河原で泳いだり、ミカン狩りやタケノコ狩りをした。

私が小学校低学年の頃だったと思う。

「今日はおじいさんが山でマムシをとってきたから、子どもたちは絶対外に出ないように」と、大人に言われた。

「へ？」と私たちは呆気《あっけ》に取られた。

マムシ、というのは初めて聞く単語で、それが何なのかわからなかった。どうやら生き物で、しかも大変危険なものらしい、ということまではわかるのだけど、具体的なイメージができない。すでに知っていると思われたのか、大人も「マムシ」というだけで、教えてくれなかった。

縁側の窓から、山の農作業から戻ってきた祖父のトラックが見える。作業着姿の祖父がその前で屈んで何かやっているが、手元までは見えなくて、それがより一層、私の好奇心を掻《か》き立てた。

おじいちゃんの背後に見える道路に、真っ黒い大きな点のように見えるクマンバチが飛んでいて（祖父は当然、それくらいのことでは動じない）、私は「マムシって、あのハチのことかなぁ」とそれを眺めていた。アブやハチには気をつけろ、と大人にも注意されていた。

翌朝、目が覚めると、家の庭でおじいちゃんが焚火をしていた。パチパチと火が爆《は》ぜる音に興味を惹かれて、起きたばかりの他のいとこ数人と「何してるの？」と見に行く。おじいちゃんの足元に、木の串《くし》に刺した何かが立ててあった。

そこまで見ても、それを「蛇だ」と私は認識できなかった。庭の隅に、青や赤の筋が何本も束ねられたような、やけに色鮮やかなものがあって、「これは何?」と聞くと、「マムシの毒だ」とおじいちゃんが答えた。おそらく、マムシの内臓を祖父が取り出したものだったのだろう。

「食うか」と向けられたマムシを、みんなで座って、裂いてもらって、食べた。一番年上のいとこのお姉ちゃんはマムシが何なのかちゃんとわかっていたようで、彼女がおっかなびっくり、怖々とそれを受け取る。お姉ちゃんが受け取ったのは、いかにも蛇の皮っぽい模様が入っていて、私が受け取ったのは、ひょろひょろほそい、まるで大人が食べているイカのおつまみみたいな部分だった。それを見たお姉ちゃんから「いいなあ、ねえ、そっちと交換して」と言われた。

実際に自分が交換に応じたのか、どんな味がしたのかはあまり覚えていない。見た目の通り、イカみたい、と思ったような気もする。

いとこのうち、まだ小さかった私の妹だけは、その時寝ていて、マムシを食べなかった。当時、喧嘩をするたび私に嚙みついていた妹は、親から〝強い子〟だと言われていて、「あの子はこれ以上強くならなくていいから、食べなくてよかった」と母が笑っていた。それを聞いて、「へえ、マムシって食べると強くなるのか」と思った。

その後、何かでマムシを毒蛇だと知った私は、驚きつつも、なんだか誇らしい気持ちになり、学校の友達などに「私、マムシ食べたことあるんだよ」と自慢しまくった。子ども時代の、私のささやかな武勇伝だったのだ。

祖父はその後、私が大学生の時に亡くなった。祖父の家に行くと、焼いて食べるだけでなく、マムシを焼酎につけたものなどもよく置かれていて、私は怖いもの見たさに近づき、「昔、これを食べたのかぁ」と眺めたものだ。

今年の新年会で思いがけず蘇った記憶を、皆が口々に語り合う。

「そんなもの食べさせないでって、姉さん随分怒ってたよな」と叔父から言われたうちの母が、「まったくよ。お父さんたら」と苦笑する。

食べることができなかったうちの妹は「お姉ちゃんたちが食べたって聞いて、何それ？　本当に？　って羨ましかった」と言う。

母が陰で祖父を叱っていたことも、妹が羨ましいだなんて思っていたことも、私はこの時までまったく知らなかった。

そんないとこたちも今、ほとんどが結婚して、新年会にはそれぞれの旦那さんや子どもを連れてやってくる。女だらけだった集まりに、今ではだいぶ男性の姿が増えた。

互いの子どもたちが遊んでいる姿を見ながら、彼らはマムシを食べることはないのかもな、と思うと、なんだかちょっと寂しくなった。

そして、私を「マムシを食べたことのある子ども」にしてくれた祖父に、しみじみとした感謝を覚える。

うちの子へ

こんにちは。うちの子。

まだ二歳なので、字の読めないあなたに初めて手紙を書きます。

私は、あなたのことが大好きです。かわいくてかわいくてたまりません。いいですか。あなたのお母さんは小説家という仕事をしており、中二病という不治の病にかかっています。この病気の症状はいろいろありますが、その大部分は「かっこつけ」という手の施しようのないものです。あなたはその子どもなので、これから先、なかなか大変な目に遭うことでしょう。

ですが、そんな「かっこつけ」の病を患っているお母さんが。「センスのないことはしたくない」、「いつまでも自分が子どものままでいたい」というお母さんが、恥ずかしげもなく、自分の「かっこつけ」の症状のことを忘れて、あなたを「大好き」だと言ってしまうのです。人に「自慢しい」だと思われたらどうしようとびくびくする気持ちを忘れて、あなたのことを「かわいい」と自慢してしまうのです。

そのことに、私は戸惑い、それから、大いに驚いています。自分がこんな大人になると、私は思っていませんでした。

だから、私がそんな大人になったということを教えてくれて、うちの子、ありがとう。

あなたは今、アンパンマンに夢中ですね。アンパンマンの生みの親であるやなせたかし先生がお亡くなりになって、私は、自分がまだ子どもだった頃、藤子・F・不二雄先生が亡くなった時のことを思い出しました。これからドラえもんが観られなくなっちゃったらどうしよう、と胸がつぶれそうなくらいハラハラしていたことを思い出し、あなたのために、アンパンマンがこれからもずっと続きますように、とお祈りしました。

きっと、あなたを通してこれから何度も何度も、自分の子どもの頃の悩みや躓《つまず》き、楽しいことも苦しいことも、もう一度体験させてもらえるのでしょう。お母さんは楽しみにしています。

最後に一つ、無理難題を言います。

いつか、私にこの手紙の返事をください。文字が読めるようになって、書けるようになったら、〝難しい年頃〟を抜けてからでよいので、お返事をもらえたらうれしいです。いつまでもお待ちしています。

それを読めるのを楽しみに、どんなやんちゃないたずらにも、まだまだ数年、耐える覚悟で育児に臨みます。どうぞ、お手柔らかによろしくお願いいたします。

あなたの健やかなご成長を心よりお祈り申し上げ、末筆とさせていただきます。

あなたのかーか・辻村深月

作家になって十年

作家になって十年という節目を迎えた。最近では、「この十年で一番の変化は？」という質問を受けることも多い。十年とはいえ、先輩の作家たちと比べるとまだまだ若輩者である私は、「何ですかねぇ」と曖昧に笑って答えを迷う。すると見かねたインタビュアーが「結婚や出産はどうですか」と促してくる。

第二子を出産して以来、こういうことが増えた。新刊を出すたび、「出産の影響はありますか」と聞かれたり、特に小説の結末が前向きなものだったりすると、「やはり母親になったからですね」と言われたりする。最初の頃は戸惑い、強く抵抗があった。

どうしてそれが嫌なのかはわからない。小説はあくまで小説であって、書いた本人の事情とは切り離して読んでほしい、と思っているためか。実際、親子が出てくる小説を書いた時にはそう聞かれるのに、ドロドロの恋愛や友情劇を書いた際には聞かれない。そんな質問を受けたところで別に怒ったりはしないが、まったく平気になってしまうのも、それはそれで自分の感性が鈍感になっていくのと同じ気がして、心がざらざらする。

ところが新聞や雑誌でエッセイを連載する機会が増えると、やってくる締め切りを前にどうしても自分自身の日常についても触れざるをえなくなる。なので、子どもとの生活についても書いたり書かなかったり、という感じになった。

ある時、子どもの保育園のお迎えについて書いた。今、うちの子どもは、私が働く間、保育園にお願いしているのだが、そのお迎えを忘れる夢を見て冷や汗をかいた、という内容をコメディ調に描いた文章だった。

すると、掲載から少しして、新聞社経由で読者の方から手紙が届いた。それは八十代の元保育士の女性からのもので、「普段は新聞の向こうにいる人にお手紙など書かないのですが、どうしてもお伝えしたくて」という丁寧な前置きとともに、達筆でこう綴られていた。

「お子さんを預けて働く、ということについての後ろめたさや、そうやって忘れ物をしたような気持ちで働くお母さんの気持ちがよくわかります。しかし、私たち保育士はそれを支えたいという気持ちで頑張ってまいりました。私の後輩の保育士たちもそうだと思います。ですからどうか、私たちを信頼して、躊躇うことなく、これからも文学の道を進んでください」

読んで、驚き、言葉がなかった。

それは、私が心の底に沈めた本音を、思いがけず言い当てられたように思ったからだ。コメディ調にしなければ書けなかった後ろめたさや責任、恐怖。そういったものを、少ない文章の中からこの方が読み取り、そして手紙をくださったことに胸が熱くなった。

今では待機児童など「数が足りない」ことで問題になるほどの保育園だが、その方が保育士をしていた頃は働く母親の数自体がまだ少なく、そんな中で子を預けて出ていく母親たちの背中を、その方は毎日見送ってきた。そして、子どもたちに対して「この子たちの全員が、ちゃんとお迎えに来てもらえますように」と祈るような気持ちで接していたそうだ。その話に、私の心の意地っ張りに凍りついていた部分が、緩やかに緊張を解くような思いがした。

これから先、「母親になった」ことが自分にどんな影響を与えるかはわからない。そのことについて質問をされるたびに心がざらつくような感じがするのも、きっとそのまま変わらないだろう。けれど、最初の頃ほどは抵抗がないし、だいぶ平気になってきた。

「慣れてしまった」、「鈍感になった」、「大人になった」。私のような職業のものはついひねくれていろんな言葉を探してしまいがちだけれど、実は状況はとてもシンプルなのだと思う。

作家になって十年、私はおそらく、とても強くなった。

Ⅳ

特別収録
おじいちゃんと、おひさまのかおり

二〇一四年、「瀬戸内しまのわ」という瀬戸内海の島や臨海部を中心とした観光振興イベントを、広島県と愛媛県が共同開催しました。『おじいちゃんと、おひさまのかおり』は、その際に制作された『瀬戸内ゴーランド　瀬戸内しまのわをめぐる13の読み物』という冊子に寄稿した短編小説です。

　どの島を舞台にどんな話を書こうか、と悩む私に、プロジェクトに関わる皆さんが、各島の特性、名産品、風習、いろんな体験について細やかに教えてくださり、いつもとは一味違った小説になりました。

　後日、原稿のお礼として、広島の海で獲れたたくさんの牡蠣が届きました。今年も、今度はとってもおいしい〝せとか〟と〝清見《きよみ》〟という二種類のみかんをいただき、改めて、皆さんの心遣いが沁みました。

生真《いくま》が宮島《みやじま》のおじいちゃんの家に行くときは、いつも楽しかった。

日本の東側、と呼ばれる自分が住んでいる県から、西、と呼ばれるおじいちゃんの家のある広島に来ると、太陽の光の色が変わった気がした。

海のない場所から、海のある場所へ。――それも、見える範囲が全部、見渡す限り、さえぎるものが何もない〝島〟に行く、というのは新鮮な気持ちだった。海の深い青色を見ると、その中に吸いこまれ、呑みこまれそうな気がした。

日差しを受ける木々も建物も、大地の色さえ、生真の住む場所とは違って見える。

宮島に住んでいるおじいちゃんは、生真のお母さんのお父さんだ。一年に一度、夏には必ず遊びに行く。

行くと、パンを買って一緒に食べた。おじいちゃんのお気に入りのお店に連れて行ってもらった。五歳になったばかりの生真は、パンが大好きだ。

宮島は嚴島《いつくしま》神社が有名で、そっちの方はお店もいっぱい並んでお客さんで賑《にぎ》わっているけど、おじいちゃんの家があるのは、観光客のほとんど来ない方だ。お年寄りたちはみんな、軽くて日保ちのするパンをたくさん買って帰る。

宮島に来るたびに、生真も、食べるのを楽しみにしていた。


だけど、今日は、違う。

おじいちゃんがいない。お母さんもお父さんも、みんな真っ黒い服を着ている。お線香の匂いがする。誰も、笑わない。

「おばあちゃんが、先に向こうで待っとってくれとるよぉ」

おじいちゃんの写真の前で、お母さんが言う。

宮島に行く、というとそれはおじいちゃんの家に行くことを指すはずなのに、今日は、おじいちゃんの家には行かなかった。

島には行かない。

大人たちはみんなで何かを話していて、つまらないから、生真はひとり、境内で小石を蹴って遊んでいた。

寝たままのおじいちゃんの手を握ると、指がとても硬かった。お母さんが泣いていた。「おじいちゃん、頑張ったんよ」と言われた。

病気になって入院する前のおじいちゃんは、生真が電車が好きだというと、広島から路面電車に一緒に乗ってくれた。

車が走る道路を、バスみたいな電車がすいーっと走り抜ける光景も、道路の真ん中にある駅も、全部がおもしろくて不思議だった。おじいちゃんと一緒に、お菓子と水筒を持って電車に乗り込む。「宮島口」という駅まで行って、そこでフェリーに乗り換える。

路面電車の旅は長くて、いつまでも続くように思えて、宮島に着くまでの間にうとうとしたりもした。窓から入る光が、黄色からオレンジ色にだんだん染まり、眠たくなってくる。

けれど、路面電車ではない普通の電車を使うと、電車はすぐに港についてしまう。そのことが、生真には、今日はとりわけ寂しくて、味気なく思えた。

神様のいる、神聖な場所である宮島は、人を埋葬することができない。お墓が、ない。

そこは神様の場所だから、島では、人間は生まれても死んでもいけない。昔は出産することも許されなくて、子どもを産んだお母さんは百日経ってからでないと島に戻れなかった。

対岸の、島ではない大野《おおの》という場所に、おじいちゃんは埋葬される。

「わしも、いつかあそこへ行くんよのぉ」と話すおじいちゃんは、自分のことだけど、どこか他人事みたいに言っていた。笑っていた。

「寂しくないの？」と聞くと、「おぉ、寂しゅうないよぉ」と答えた。

生真は、おじいちゃんが島の中にいられなくなるなんて嫌だった。いられたらいいのに、と思った。

「五十年たちゃあ、宮島に帰ってくるけぇ」とおじいちゃんは言っていた。死んでから五十年経って初めて、おじいちゃんの体は宮島のお寺で土に還せるようになる。

「五十年法要をやるんは、あんたぁの代になるかもしれんのぉ」とおじいちゃんは言った。

「それまで、おじいちゃんの骨を守っとけぇよ」と笑っていた。

顔を上げると、目の前に、海が広がっていた。

おじいちゃんのいた宮島も見える。

ここからでは海を挟んで離れている。

広島の島では、他の県の島では絶対に起こらないようなことが次々起こる。

それは、お母さんのところにみかんを売りに来る人たちが言っていたことだった。

生真の住むマンションの近くで開催された青空マーケットに屋台のようなお店を出していたその人たちは、「あら、大崎上島《おおさきかみじま》の人たちなの？」とお母さんが話しかけたことをきっかけに、以来、時季になると、うちに個別にみかんを配達してくれるようになった。

「柑橘《かんきつ》ブローカー」とお母さんに呼ばれるその人たちは、もともとは広島の出身ではなくて、たまたま旅行で広島にあるその島に行っただけだったのだという。

「結構長く滞在して島を散策してたら、急に声をかけられたんです。あんたら、みかんの木、いらん？って」

声をかけてきた人は、今年六十八歳で、足が疲れるようになってしまって、それまで世話をしてきた山の上のみかんの木の手入れが思うようにできなくなった。

「ノラみかんになっとるんよ」と言われて、「世話してくれるんなら、採れたみかんはあんたらにやるよぉ」と言われた。

放置したままのノラみかんだと、ひとつひとつが小さくなったり、味も落ちるけど、誰かが少し手をかければ、味が格段に上がる。自分が大事にしてきたみかんの木がノラになっているのが切ないから、とお願いされたのだという。

「昨日今日知り合った僕たちに頼むのかって驚きましたけど、まぁ、楽しそうだったんで、仲間とやりました。みかんを収穫して渡しに行ったら、『いらん』って言われて、それでこうやって売るようになったんです」

売ったお金を持って行っても、おじいさんは「もともとノラみかんじゃけぇ」と受け取ってくれないそうだ。

おじいさんは、お兄さんたちに感謝して、「あんたら、レモンもやってみん？」とみかんの隣にあったレモンの木もくれた。そういえば、お兄さんたちが持ってくるみかんの中には、一個か二個、いつも目にまぶしいほどのはっきりした色のレモンがサービスのように紛れ込んでいる。

「僕たち、いろんな場所を旅しましたけど、こういうことって、他の県の島ではまず起こらないです」

広島出身のお母さんに、お兄さんたちが言っていた。

「ふつう、自分が大事にした木であればあるほど、人にまかせたり、ましてて、あげたりなんてできないものなんだけど、広島の島ではそういうことが当たり前に起こる。人が底抜けに明るいっていうか」

みかんの持ち主であるおじいさんにとって一番つらいのは、お金のことでも、自分がみかんを世話できないことでもなくて、大事な木がそのまま誰にもみてもらえなくなることだった。

南柑20号という名前のそのみかんは、小さくて、甘さと酸っぱさがぎゅっと詰まっていて、「柑橘ブローカー」のお兄さんたち曰《いわ》く、「パンチが効いた」味がする。

「まるで、その木をくれたご本人そのものみたいな味です」

人を食べ物や味にたとえるなんて不思議だなぁと思ったけど、今、生真が思い出すおじいちゃんは、宮島で食べるパンのイメージと、すごく近い。

木で作るしゃもじが名産だという宮島で、そのパン屋さんは、しゃもじをくりぬいた後の木を燃やして窯でパンを焼く。工房の裏には、まるで鍵穴みたいにしゃもじ形の穴のあいた木がたくさん積まれていて、パン屋さんと顔見知りになっていたおじいちゃんが、店員さんに「孫に見せてもらえんかのぉ」とお願いして、パンを焼くところを見せに生真をつれていってくれた。

あのパン屋さんの名前は、「おひさまパン工房」という。

おじいちゃんと乗った路面電車も、眺めた海も、一緒に食べたパンも、すべてがおひさまのような匂いがした。


底抜けに明るい、と言われた広島の島と人。

高い場所にあるお寺から眺めると、おじいちゃんの住んでいた宮島が見えた。生きていた時にずっといた土地を離れて、今日からおじいちゃんは島ではない、こちら側に眠る。生真が大人になる、五十年先まで。

その時。

海に注ぐ光が、海面を同じ色にキラキラ弾いて、目を開いていられなくなる。同じ光が、ずっと遠くまで、終わりがないように続く。

その瞬間、ふっと、おひさまから教えられた気がした。

海は、島や土地を隔てたり、離したり、孤立させるものじゃない、と。

「寂しゅうないよぉ」と答えた、おじいちゃんの声が聞こえた気がした。

同じ色に光る海は、むしろ、本州にある広島と、島の間を同じ色につなげている。

同じ太陽を浴び、その光を中に溶かして。深い海の色が太陽に染まって輝いている。

ノラみかんを人に譲った、あの、大崎上島のおじいさんも。

宮島から離れても寂しくないと言った、生真のおじいちゃんも。

みんなこの海のそばで、同じ明るさで暮らしている。


――ああ、と目を細めて、生真は「おじいちゃん」と呼んでみる。

路面電車に、また一緒に乗りたかった。おひさまパンは、これからも、おじいちゃんの分まで食べよう。

「柑橘ブローカー」のお兄さんの言葉を、思い出す。本当だ、と思う。

広島の島では、こんなことが起こる。

V

自作解説

（というほどではないけれど、思うことあれこれ）

ありがと、徳川《とくがわ》
『オーダーメイド殺人クラブ』に寄せて

人生で一番つらかった、戻りたくない一時期はいつですか？　と人に尋ねられたら、私は間違いなく中学時代だと答える。

デビュー作から青春小説を書いてきた。一番多く書いたのは高校生。次に小学生。大学生も書いた。けれど、頑なに中学生だけは書かなかった。

自分の中学時代に、特に何があったわけではない。壮絶な失恋をしたり、いじめにあったわけではないし、友達もいたし、部活も楽しかった。——ただ、理由もわからず、ある日学校に行ったら、急にそれまで仲良しだったはずの友達が一斉に自分と口をきいてくれなくなっていたり、そのことでこの世の終わりのような気持ちになっていたら、またある日突然、理由もなく元通り仲良くなったり、といったような、中学生女子に特有の通過儀礼が一通りあっただけだ。

集英社文庫

だけど、私が自分の中学時代を嫌がる最大の理由は、それこそ「何もなかったこと」それ自体に尽きる。私は何者でもなく、だけど頭でっかちに理想だけはあって、本や映画、アニメ、音楽といったフィクション全般にのめり込むことで、そこで得た借り物の言葉を振り回して悦に入っていた。狭い範囲で得た知識をすぐに「神！」とかなんとか思いながら、自分だけは「違いがわかる人間」なんだと自惚《うぬぼ》れて、そしてやがて小説を書き始める。自分の原点がそういう仄暗《ほのぐら》い青春のルサンチマンにあるということを素直に認められるようになったのもまた、まだここ数年、作家になってだいぶ経ってからのことだ。

自分が中学時代を終えた遥か後になってから〝中二病〟という言葉が市民権を得て、その言葉の響きに脱帽してしまった。考えた人、すごい。たった一語聞いただけで、解説なしにそれがどういうことか、まざまざと、つらいくらいにわかってしまう。

『オーダーメイド殺人クラブ』は、中学時代に対してこんな屈折した思いを持つ私が、初めてその封印を解いた小説だ。

主人公は信州の田舎町に住む中二女子、アン。何者にもなれない彼女が、「誰かに殺してもらって被害者になる」ことで自己実現を図ろうと、クラスメートの男子、徳川に「自分と『理想的な事件』を作ろう」と持ちかける。メディアを賑わす少年Aになってくれないか、と依頼し、二人でこっそりと〝中二病〟の想像力全開で、どうしたら自分たちの起こす事件を衝撃的で特別なものにできるかを話し合っていく。

この話は、文学賞の候補に二回なった。そして、そのどちらも受賞はならず。――かわいい主人公たちを無理やり〝大人〟の前に引きずり出してしまった気がして、結果を受けた後にさすがに胸が痛くなったが、その後しばらくして、作中の徳川に嘲笑《わら》われた気がした。「お前、賞なんかほしかったの？」と。中二ならではの不遜さで、彼ならきっとそう言う。そう思えたことで、私は彼らに申し訳なく思わずに済んだ。今も時折、その時のことを思い出すたび、「徳川、ありがとう」という気持ちになる。

チャレメの記憶

『サクラ咲く』に寄せて

光文社文庫

二〇〇八年、専業作家になった年、それまで兼業であることを理由に断ってきた連載の仕事を一気に欲張って引き受け、締め切りにがんじがらめになって、身動きがとれなくなった。もうこれ以上はどこからお話が来ても絶対に無理！　と決意を固め、ふうふう言っていた頃に、その電話はかかってきた。

それは、「進研ゼミ中学講座で小説を書きませんか？」というものだった。

あーっ、と長い息を吐き出し、次の瞬間にこう答えていた。「ああー、それは……、やります、ねえ」

私はチャレメだったのである。

チャレメとは、ベネッセコーポレーションの進研ゼミをやっていた子どもたちのことで、正式名称は「チャレンジメイト」。「チャレンジ」とは、進研ゼミの教材冊子名である。どうやらこのチャレメという呼び名は今ではもうないようなのだが、私と同年代の人たちには聞き覚えがある人も多いのではないだろうか。「チャレンジ」には、マンガや小説も載っていて、親公認で大っぴらに読めるこれらの作品が、私は好きで好きでたまらなかった。「進研ゼミをやってる子だけが知ってる特権」としての楽しさがあって、小学生だった私は「ああ、こんなの書ける人になりたいなぁ」と思っていた。

初回の打ち合わせでの私は大はしゃぎだった。「私が読んでた頃って、今青年誌で活躍してる○○さんとか、イラストレーターの○○さんとかが描いてましたよね？」と私が話せば、向こうの担当さんも「スポーツ選手の○○さんも歌手の○○さんも元チャレメで、最近誌面に登場されたんですよ」と教えてくれる。めちゃくちゃ盛り上がった。

小説を連載するにあたっては、中学生の過ごす十二ヵ月に合わせて、小説の中でも時間の経過を月ごとに合わせること、一月に一度は必ず何らかの事件や山場を迎え、主人公たちがそれを乗り越えること、おかあさん世代にも一緒に安心して読んでもらえることなど、様々な条件があった。何より、読者の顔が「中学生」と決まっている。こんなにも対象や内容がはっきりした依頼も珍しいから、あまのじゃくな私は、俄然《がぜん》やる気が湧いてきた。

今回、光文社から刊行されたこの本に収録された三編は、そんな背景から生まれた。『約束の場所、約束の時間』は、中学二年生に向けて。表題作『サクラ咲く』は中学一年生に向けて。そして、その後「小説宝石」に掲載された『世界で一番美しい宝石』は、それらを踏まえた上で、かつて子どもだった〝大人〟に向けて書いたものだ。

進研ゼミでの連載が終了した春の打ち上げの席で、私の小説を担当してくれていた編集長が、まさに私が読んでいた時期の「チャレンジ」を作っていたという上司の方を呼んで引き合わせてくれた。今はもう違う部署にいるというその方が見せてくれた当時の冊子をめくると、涙が出るほど懐かしいマンガや、お馴染みだったキャラクターがページの中で生き生きと動いていた。「あ、これ覚えてる！」「これも！」と、その場にいた同世代のチャレメ仲間で盛り上がる中、私のこの小説も、いつかこうやって語られる日が来るといいな、と思った。

「私が進研ゼミやってた時って、辻村深月が小説書いてましたよね」と、誰かに話してもらえる日が来るような、そんな作家でいたい。

「当たり前」を届ける仕事

『ハケンアニメ！』のこと

幼い頃から、アニメが好きだった。

『ドラえもん』や『ミンキーモモ』、『ドラゴンボール』に『聖闘士星矢《セイントセイヤ》』。毎週何曜日の何時から、と時間が決まった番組の放映を楽しみに、テレビの前に座る。私にとってそれは当たり前の日常すぎて、その向こうでそれらを作っている人がいる、という実感が乏しかった。

アニメーション監督の松本《まつもと》理《り》恵《え》さんとは、私がアニメ業界を舞台にした小説を書いた際、その取材で出会った。私よりも年下で小柄。このかわいらしい外見のどこに！と思うようなガッツに溢れた女性だ。知り合ってすぐから私は彼女自身のファンになり、以来、仲良くしてもらっている。

彼女が監督を務めるアニメの放映があるクールは、私は毎週ドキドキしながらテレ

マガジンハウス

ビの前に座る。

最終回を迎えた週、「会いに行ってもいいですか？」と連絡をもらい、うちに来てもらった。「無事、終わりました」と心地よい疲労感を感じさせる顔でほっとしたように微笑む彼女を見て、胸がいっぱいになった。そんな大事な時に会いに行く相手として自分が彼女に選んでもらえたことも、とても光栄で幸せに感じた。

幼い頃から当たり前に観ていたテレビアニメの向こう側で、放送に穴をあけないよう、毎週の「当たり前」を届けている人がいる。

松本さんは、私にそれを教えてくれた人だ。

藍色を照らす光

『子どもたちは夜と遊ぶ』に寄せて

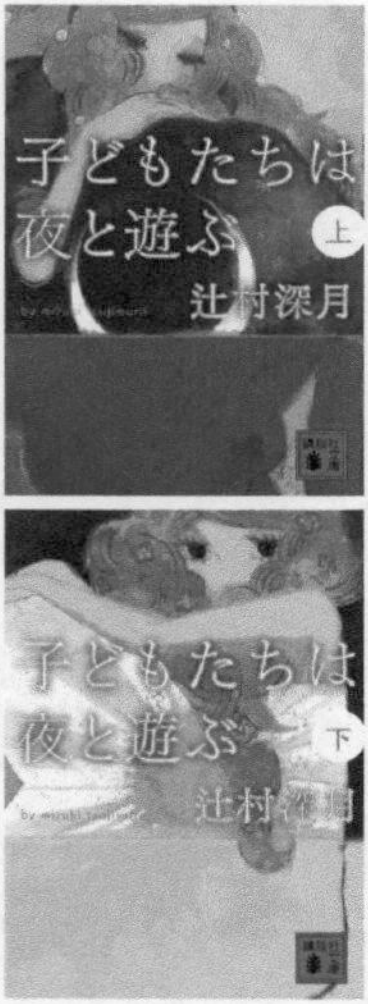

講談社文庫

『子どもたちは夜と遊ぶ』の第一稿を書き上げた時、一番苦慮したのが作品タイトルだった。候補になったものの中には、今でも記憶に残ってるものが幾つかある。

『藍』『藍色を照らす光』『虎と姫君』『蝶々と月の光』『子どもの城の王子』――中でも『藍色を照らす光』は、もうこれしかない、と一度は思ったほど愛着のあるタイトルで、私にとっては「原題」のようなイメージがある。

この小説は、プロになって二作目の作品だった。よく〝二作目のプレッシャー〟という言葉を聞くけれど、私にとってもまさにその通り。産みの苦しみというものをこんなに感じた経験はこれまでなかったし、あれから時が経った今も、この小説の執筆が一番大変だったと断言できる。

それくらい、デビュー作『冷たい校舎の時は止まる』を出版した後の私は抜け殻だった。

自分の本が世の中に出た、という事実と嬉しさで頭が真っ白になってしまい、新たな一歩がなかなか踏み出せない。

長い葛藤と迷いの間から、私が描きたいと願い、探り当ててきたのが『子どもたちは夜と遊ぶ』の主人公、浅葱《あさぎ》だった。

彼を最後まで描くのは本当にしんどくて、途中で何度も投げ出しそうになった。

たとえるなら、真っ暗な海の中にいるよう。

どっちに向けて泳げばいいのかわからないのに、水をかく手を止めてしまえば、そこで沈んでしまう。やがて明かりが見えてきて、どうにか岸に辿りついた時、登場人物も私もともにぼろぼろで、だけどそこには「やり遂げた」という確かな充実感があった。

〝藍色を照らす光〟は、執筆中、主人公・浅葱が求めていたものであり、作者の私自身が渇望していたものだったのだと今となれば思う。暗い海を照らす灯台の明かりのように、読んでくれた人それぞれのもとへその光が届きますように、と刊行からだいぶたった今でも願っている。

『子どもたちは夜と遊ぶ』に関しては、今も時折、読者の方からお手紙をもらう。

「浅葱はもう出てこないんですか」「あの後、どうなったんですか」、と。

それを見るたび、真っ暗な海での格闘の日々が報われたような幸せを感じる。

浅葱のことは、またいつか書いてみたい。

しんどい闘いがまた待っているような気がするけれど、読者にも、しばしお待ちいただけたら、とても嬉しい。

階段をのぼる時

『光待つ場所へ』に寄せて

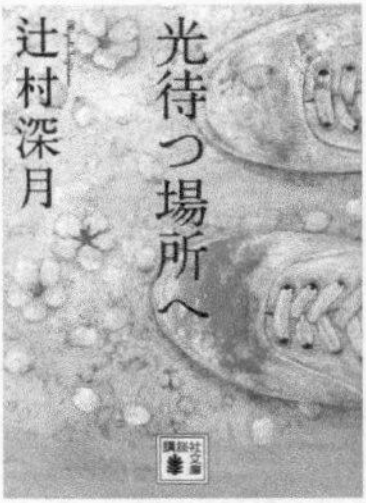

講談社文庫

大学四年生の時のことだ。

映画を観終えた後、友達と入った渋谷《しぶや》のカフェで、私は彼の顔をまともに見ることができなかった。

当時、私たちはともに大学を卒業する節目の時期に差しかかり、これから先の進路を悩んでいる最中だった。私は小説家になりたくて、彼は漫画家志望。――私は故郷に戻って就職することを、その前の週に決めたばかりだった。夢を諦めるわけではなく、「地に足をつけて夢をみたい」と願った結果だったのだが、どうにもこうにも後ろめたく、彼にどう話していいかわからなかった。

卒業後も創作重視でやっていくであろう彼に対し、自分はあまりにも軟弱な決断をしているんじゃないだろうか、バカにされないだろうか、軽蔑されないだろうか――。

彼を裏切ってしまうような気持ちすらして、とにかく、怖かった。

進路を打ち明ける口実に誘った映画『リリイ・シュシュのすべて』がおそろしくよかったのも、私が躊躇う気持ちに拍車をかけた。ここで描かれているような世界や景色、表現を手に入れることもなく、自分の人生が終わってしまうのではないかと考えたら、大げさでなく、吐き気がしそうに苦しかった。

自分ではそれでも普通にしていたつもりだったのだが、ご飯を食べている最中に彼がふっと顔を上げ、「あのさ」と私に言った。

「きちんといつもみたいに目を見て話をしろよ。らしくないぜ」

びっくりした。彼は普段は話し言葉が丁寧な方で「〜ぜ」なんて言い方をされたのは初めてだった。

この言葉に背中を押されたように、私は自分の決断について話した。聞き終えた彼は「そっかぁ」と少し寂しそうに微笑んで「でもどうせ書くんでしょ?」と言ってくれた。

振り返ればとても些細なエピソードだが、当時の私があの日、どれだけ彼の言葉にほっとしたか。思い出すたび、今も小説を書いていられることを、心から幸せに感じる。

人が階段を一段のぼる時、扉を開ける瞬間を見てみたくて『光待つ場所へ』の三編を書いた。それは、私が作家になろうと一歩を踏み出したあの瞬間を、今も覚えているからかもしれない。

不意打ちのタイムスリップ
『名前探しの放課後』に寄せて

講談社文庫

家と学校を中心としたせいぜい半径二十キロの世界。それが、私の高校時代の生活のすべてだった。

私は山梨県出身。放課後は、駅前のサティで何時間も時間をつぶし、たまの外食は親の代から贔屓にしている顔がわかったレストランや寿司屋。サティやイトーヨーカドーのゲーセンでプリクラを撮って、ミスドやサーティワンで何時間も友達とお喋《しゃべ》りをしていた。

私たちは、自分をテレビに映る東京の女子高生たちと何も差はないと思っていたし、自分の住む環境を「田舎」や「地方」だとも考えていなかった。

今、「渋谷で百人に聞きました」というアンケート結果が、まるで日本の代表データであるかのように紹介される。けれど、日本の中で東京だけが最先端であり、異質であるのなら、本当のスタンダードはどこか別にあるのではないか。

あの頃、自らを最先端であると信じながら、小さな世界で放課後を過ごしていた自分のことを、恥じたり笑ったりせずともいいのではないか、と最近思う。

『名前探しの放課後』は、そんな「田舎」の高校生の話だ。自分の学年から、数ヵ月後に自殺者が出ることを知った主人公が、それを止めるため、周囲にその自殺者が誰なのかを探す「名前探し」を持ちかける、というのがあらすじ。

高校の頃、私は『冷たい校舎の時は止まる』という話を書いていた。やはり高校が舞台で、閉ざされた校舎の中、皆が、すでに起こってしまった自殺の当事者の名前を思い出すことを軸に話が進む。

自殺者探し、名前探しという同じキーワードを別の角度から扱うことは、映画監督がお気に入りの俳優を役柄を変えて何度も起用するのと似て思えて、私には贅沢な作業に感じられた。まるで不意打ちのタイムスリップのようだけど、只中《ただなか》でないからこそ、再びこの場所と時間に向き合うなら、私はここに当時と違う何を見るのか。それをきちんと見つけることができるのか。

不安に思いながら、だけど、原稿を送る時、担当編集者に一緒にこうメールすることができた。この言葉をどう解釈してもらえるのか、楽しみにしながら。

「名前、見つかりました」

この名前探しの先にあるもの、読者にも見届けてもらえたら、とても嬉しい。

タイトルの勇気
『ゼロ、ハチ、ゼロ、ナナ。』に寄せて

講談社文庫

本のタイトルをつける時、いつも迷う。

自分が今まで読んだ本の中で、このタイトルが好き！と思ったものを思い浮かべると、大抵、タイトルだけでは意味がわからないものだったり、また、このタイトルを覚えることができるだろうか？と読む前に不安を感じるようなものであることも多い。では、なぜそれらを好きになってしまったのか。それは、読んでいる最中に「だから、このタイトルだったのか！」と意味がわかって、その場に立ち上がってしまいそうなほど衝撃を受ける、という瞬間が、どれもあったからだ。

いつか、自分もそんな小説を書きたい、と願ってきた。

しかし、本の顔であるタイトルというのはなかなかに難しいもの。できれば、その言葉で内容がしっかりと伝わるものが望ましく、その作者のことを知らない人の目も

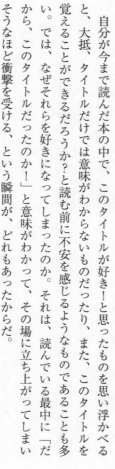

書店で引きつけ、本を手に取らせる力を持たなければならない。そのことを、実際に小説を書くようになって、さらに強く実感するようになった。

タイトルをつける時に、これまで指標にしてきた一つの言葉がある。私は、デビュー作のタイトルを決める時、担当編集者と何十通とメールをやり取りした。なかなか決まらず、「内容がすべて見えるタイトル」というオーダーをうまく捉えられずにいたら、彼からこう言われた。

「これにしてください、と言っているわけではないですけど、一例としては『神隠しの教室』くらいのわかりやすさを」

稲妻に打たれたような衝撃を受けたことを覚えている。すごい！と思った。それが学園モノであることも、人が消えていくミステリであることも一言でわかる。具体的な指標を与えられたことにより、かくして『冷たい校舎の時は止まる』は名づけられた。時間が止まった、冬の学校を舞台にしたミステリ小説。私の最初の顔であり、名刺代わりになった本だ。

あのやり取りから数年が経ち、今回初めて、次の段階に移る勇気が出た。タイトル単体では意味のわからないタイトル。でも、読み終えてもらった時に、読者にもきっと「このタイトルしかありえない」と感じてもらえるのではないかと思う。

自信作です。『ゼロ、ハチ、ゼロ、ナナ。』
タイトルの意味がわかるところまで、どうかよろしくお願いいたします。

「大好きだけど、大っ嫌い」

『家族シアター』に寄せて

家族というのは、厄介なものだ。

一番身近で、あたたかい存在。頼りになるし、大好きで、大事な人たち。

物心ついた時から、家族とは問答無用でそんなふうに〝いいもの〟だと教えられてきた。しかし、私はそこに反発も感じていた。

身近だからこそ遠慮がなくてイライラするし、他人とだったらやらないような衝突もしてしまう。見なくていいところまで見えてしまうせいで、かっこわるいと思うこともたくさんある。家族は〝いいもの〟なんかじゃない！

けれど、自分でいくら悪口を言ったとしても、いざ他人から悪く言われると急に庇《かば》いたくなってしまう——家族というのは、そんなふうに、〝大好きだけど、大っ嫌い〟な存在だ。

講談社

『家族シアター』は、七組の家族が登場する短編集だ。

各話の主人公の家でのポジションは、父だったり、母だったり、姉だったり、弟だったり、あるいはおじいちゃんだったり、とさまざまで、この本は、彼らが直面する家族の〝大事件〟をそれぞれ扱っている。それは新聞に載るような大きな事件ではないし、他人からしてみれば、そもそも〝事件〟と呼べるようなものではないかもしれない。しかし、本人たちにとってはとんでもなく重大で真剣なものばかり。いってみれば、〝ささやかな大事件〟だ。

普段は喧嘩ばかりしている姉が失恋して帰って来た日に、弟はどうするか。

生意気な妹が骨折して入院した夜、姉として何ができるか。

息子の夢が傷つけられそうな時、父親はどうふるまうか。

娘の悩みに、母親は正解を出せるのか――。

どうふるまうことが正解か、という問いに対する唯一無二の解答は、家族の問題の中にはない。しかも正解がないのに、間違った選択肢だけはたくさんあるから難しい。一歩間違えると、「お母さんにこうしてほしかったのに」、「うちの姉にこんなことをされた」という恨みを一生の長きにわたって受けることにもなりかねない。

〝家族〟の話を書きながら、著者の私も、作中に登場する家族ひとつひとつに入り込み、彼らの気持ちを考えた。

家族を描く、ということは、彼らの関係性を推理することだ。本当は好きなのか、それとも本当に嫌いなのか。実は尊敬してる？　それとも軽蔑してる？　という謎解きをいくつもしていく。その中で出した、私と、主人公たち家族の「正解」を、どうか見守っていただければと思う。

今、大人と呼ばれる年齢になった私は、これまで家族の中で〝子ども〟であった立場が、〝お母さん〟になった。

「かーか、これやってよ！」

お菓子の袋を開ける時や、服のボタンが留められない時、うちの子どもは、私を仰ぎ見てこう言う。そこには、無条件な「お母さんなんだからできるはず」という信頼感があって、その目を見ると裏切れない、と感じる。「お母さん」なんだからできるだけ応えたい、と思ってしまう。

『家族シアター』という今回の短編集のタイトルをつける時、いくつかある候補の中から、このタイトルを選んでくれたのは、私の担当編集者だった。

「家族って、それぞれが自分の役割を家の中で演じているっていう側面もあると思うんです」

その言葉を聞いて、ああ、と思い当たる。当たり前に「お父さん」や「お母さん」であることを期待されていた私の両親も、きっと今の私のように悩み、時にはかっこつけながら、一生懸命「親」をやっていたのだろう。「おじいちゃん」も「お姉ちゃん」も、「妹」も「孫」も、それはきっとそうだ。両親をがっかりさせないために頑張ったり、わざとできないふりをして甘えることで周囲を喜ばせたり、そうやって、みんなで家族をやっている。

今、家の中の自分の立場が「お父さん」の人も「お母さん」の人も、「おばあちゃん」も「息子」も「娘」も。家族の中で〝誰か〟をやっている人みんなにこの本が届きますように、と切に願う。

Ⅵ　直木賞に決まって

二〇一二年夏、『鍵のない夢を見る』という小説で第百四十七回直木三十五賞をいただきました。

受賞してびっくりしたのが反響の大きさ。新聞や雑誌にも、受賞に際しての文章を書くことに。そうやって書いた、「受賞に寄せて」の文章は、私の日常とこれまで、そしてこれからのことが詰まった、思い出深いものになりました。

夏の帰り道

子どもをお願いしている保育園には、いつも小走りでお迎えに行く。選考会の日は、仕事が立て込んでいて特に時間がなく、持ち帰る衣類やおむつを急いで鞄に詰めた。

暑かった。子どもに虫よけスプレーをして、帽子をかぶせ、ベビーカーで一緒に帰る。汗だくになって歩く途中、子どもがしきりに声を上げるので、「どうしたの?」と何気なく顔を覗きこんだら、かぶせたはずの帽子がなかった。気づかないうちに自分で脱いで、どこかに落としたのだ。「わぁ」と思わず声を上げ、焦りながら、いま来た道を引き返す。当の子どもはぷいっとそっぽを向いて、私と目を合わせないようにしていた。幸い、帽子はすぐ見つかった。

帰宅し、離乳食を作り、賞の結果を待つ。受賞の電話を受けた時も、その後の記者会見も、すべてが夢の中のようで、現実感が乏しかった。

翌日も、子どもを保育園に送り、仕事をし、またお迎えに行く。日常は変わらずに流れ、園の入り口ですれ違った別のお母さんと、父母会の会費の話をして別れる。いつになったら、大きな賞と自分の受賞の事実を結びつけて実感できるのだろうか、と思いながら歩いていると、ベビーカーの座席から、うちの子がまた帽子を投げた。「こらー」と声を出して、顔を覗きこむ。昨日は目を合わせないようにしていた子どもが、その日は笑顔だった。私を困らせたのが嬉しかったのか、ぱちぱち、と拍手までした。

その瞬間、なぜか、ふつふつと喜びがこみ上げてきた。変わらない日常の中で受賞を迎えられたこと。その幸運に、いくら感謝しても足りないと思う。私はとても嬉しかった。

「うんぱんばこ」というものがある。

漢字では「運搬箱」と書く。平仮名なのは、私がそれと付き合ったのが、まだ「運搬」の字を習っていなかった小学校低学年の頃だからだ。学校の図書室で借りた本を、朝、廊下に置かれた「うんぱんばこ」に戻しておくと、図書委員が図書室まで運んで代わりに返却してくれ、休み時間までには貸し出された本が棚に戻っている、という仕組みだった。

前後に取っ手がついたプラスチックのコンテナで、二人で運ぶとちょうどいいけど、一人だとなかなか大変、という大きさ。図書委員だった私は、一年間、ほぼ毎日それを運んだ。中を覗きこんで、「あ、あの人気の本が返却されてる」と思うと、いてもたってもいられなくなり、到着した図書室で、「みんながやってくる前に今ズルして借りちゃダメですか」と、司書の先生をよく困らせた。本を読むのが好きだった。

小学校、中学校時代の私の時間は、故郷の山梨県を離れたことはほぼなかったにもかかわらず、それを意外に思うほど、何重にも、さまざまな景色の中を流れていた。水田や桃畑の続く登下校の道の向こうに、読んだばかりの小説世界の地図が広がっていた。空想とか、妄想という言葉で片付けてしまうのは簡単だが、私にとっては、むしろ、現実に過ごす教室の世界より、そちらの「架空」の世界の方がよほど尊く、大事だった。

今、故郷に戻って昔よく歩いた道を通ると、当時読んでいた本のことも一緒に思い出す。道沿いにある畑や水田を、今はそこに住んでいないからこそ、懐かしく、豊かなものとして見つめながら。

私がかつて小説の世界と二重写しに見て、背景にすぎないと思っていたはずの風景は、まぎれもなく私の身体《からだ》と心に染み込んでいる。自分の小説が育つ土壌なのだと思い知る。

直木賞受賞の報を受けて、故郷でお世話になった人たちからもたくさん電話がかかってきた。「おめでとう、おめでとう」と話す、恩師の声が涙ぐんで震えていた。私が「うんぽんばこ」を運んだ先でいつも迎えてくれた、小学校時代の司書の先生だ。

箱に並んだ返却用の本を運搬する時、廊下の窓から、ブドウ棚が見下ろせた。私にとって、「本」や「小説」は、あの頃と少しも変わらず、今も傍らにある。物語の中に広がる「遠く」の風景と、現実に「近く」にある豊かな景色に支えられて、小説を書いてきた。

受賞作『鍵のない夢を見る』が「地方を描いた」と評価してもらえたことを、とても誇りに思う。

雷の足止め

三回目の候補で、直木賞の受賞が決まった。しかし、候補に名前を挙げてもらっていてさえ、大きな賞は自分には無縁な雲の上の話という気がして、「取りたい」と気概を持つことすら、どこか躊躇う気持ちが強かった。けれど、そんな私が一度だけ、どうしてもこの賞をいただきたい、と強く思った出来事がある。

『オーダーメイド殺人クラブ』という小説で、二度目の直木賞候補になった時のことだ。私は第一子を妊娠中で、里帰り出産のため、実家がある山梨県に戻っていた。

一般には知られていないと思うが、大きな賞の候補になると、作家は「囲み取材」というものを受ける。受賞した場合にはもちろん正式な記者会見の場もあるが、選考会後すぐに受賞者や作品についての記事が用意できるよう、新聞や通信社の文芸担当の記者を集め、事前に取材を受けるのだ。とはいえ多忙な作家や、地方に住む作家の場合はそれを理由に断ることも多い。里帰り中の私に、版元が「どうしますか」と聞いてくれるのを、「せっかくだから」とお受けした。

私の地元は、山梨県笛吹《ふえふき》市。石和《いさわ》という、温泉のある町だ。駅前の旅館に会議室を予約してもらい、取材を受けた。当日は、朝からものすごい暑さだった。節電のため、冷房がほとんど効いていない会場に入ると、東京から来た記者が全部で十人ほど。「遠いところをありがとうございます」と頭を下げる。取材を終え、記者たちから、石和を「いいところですね」と褒めてもらう。「本当は泊まっていきたいけど、この後まだ取材が」と皆が駅へ戻るのを見送って私も帰宅し——、青くなったのはそれからだ。

テレビのニュースで、「中央本線、上下線とも運転中止」のテロップが流れた。石和の少し先の駅で、線路が落雷を受けたのだという。版元の担当者から、東京の記者たちが足止めを食らったと聞いて、祈るような気持ちで二時間、五時間、と情報を待つ。結局、夜の十二時近くなるまで電車は動かなかった。

私が地元で取材を受けるなんて言わなければ……と悔やみ、申し訳なさでいっぱいになりながら、知り合いの記者の一人に電話をかけた。東京で次の取材がある、と話していたあの人だ。ごめんなさい、大丈夫ですか、とかけた電話の向こうで、思いがけず、「いいのいいの！　それより聞いて。みんな楽しんでるよー」と弾んだ声が返ってきた。「みんな、辻村さんだよー」と携帯を場に向ける気配があって、向こうから「わあー、辻村さん！」「気にしないでくださいねー」と声が聞こえる。帰るのを諦め、取材の会場だった旅館に宿を取ったのだという。「いい思い出になります」と、その中で一番退職の年が近いという記者に言われ、その時に思った。今回の直木賞がとれたらいいのにな、と。

結果は受賞ならず。けれど、石和温泉で一緒だった記者たちは、その時の縁で東京でもまた集まり、私の出産もみんなで喜んでくれたと聞いた。

時が経ち、また夏が来て、子どもと一緒に東京で選考結果を待った。受賞の報を受け、記者会見場に向かうと、あの時の記者たちがほぼ全員、その場に顔をそろえていた。

記者会見の様子を「落ち着いて見えた」「緊張しなかったの？」と、後からいろんな人に言われたが、それはたぶん、あの人たちに一番近くで見守ってもらえたからだと思う。直木賞をいただけて、本当に嬉しい。

その子と、友達に戻った

直木賞の受賞が決まった際、選考委員のお一人から「明日から親戚と親友が増えるよ」と言われた。仲よくなかった相手から急に電話がかかってきたり、大変なのだと忠告されたが、とはいえ、私にはそんな相手の心当たりもないし、大丈夫だろうと高を括《くく》っていた。

しかし、思いもよらないところから話が来るからこその「親友が増える」なのだと、私は、翌日から思い知ることになる。昔からの親友たちが「忙しいだろうから返信不要です」と気遣いの一文を足したお祝いのメールをくれる中、なぜあなたが、と思うような相手から次々と電話がかかってくる。中でも、学生時代に〝仲よくなかった〟どころか、明確に〝何かあった〟相手から、実家や版元を通じて平然と連絡が来るのには本当に驚いて、どう反応したらよいのか、わからなくなってしまった。

しかし、その一方で、私が本当に付き合いに悔いを残している人、謝りたい、お礼が言いたいけど叶わない――、望まぬ形で別れてしまった人たちというのは、絶対に連絡をしてこない。

けれど、それでもなお、今の私が小説を書いていられるのは、急に連絡してくる〝親友〟たちではなく、もう二度と会うことはないかもしれないその人たちのおかげだ。もう連絡できないくらいの後悔や過ちの記憶まで含め、彼らが、私と、私の小説を作ってくれた。

そして、にわかにある連絡も、もちろん悪いことばかりではない。

電話があった人の中に、小学校時代の同級生がいた。実家の母が電話を受け、相手の番号を渡された。いまさら何を話せば――と気が進まぬまま連絡すると、子どもの頃とあまり変わらない彼女の声が「わあ、ありがとう！」と向こうから聞こえた。

「連絡がほしかったわけじゃなくて、一言おめでとうって伝えたかっただけなの。忙しいのにごめんね」と恐縮しきった様子で続ける。新聞で私のエッセイを読み、その文章の端々から、「辻村深月氏は、本当に私の知っているあの子なんだ」と感じて、いてもたってもいられなくなったのだそうだ。

「電話をかける時、何年も会っていないし、図々しいんじゃないかって、ものすごく怖かった」と言う彼女の声が微《かす》かに震えるのを聞いて、胸が詰まった。私が彼女の立場でも、きっと怖くて、勇気がいったろうと思ったからだ。
「ありがとう」と答えて連絡先を交わし、そして、私はその子と、友達に戻った。

十七歳のサイン会

十七歳、高校三年生の時、好きな作家のサイン会に出かけた。サイン会が行われる地である埼玉県の駅に、同じくその作家のファンだった友人とともに降り立つ。

空がからっと晴れ、空気が軽いことにまず驚いた。

山梨県で生まれ育った私にとって、夏とは常に蒸し暑いものだった。甲府盆地の晴れは、いつだって湿度と隣り合わせで、まずからっとすることがない。朝、特急のかいじに乗り込む前とは明らかに違う場所に来たのだと、緊張と不安に胸が押された。

私たちが育った町は、作家のサイン会などというイベントはまずなかった。私は本が好きな子どもだったけれど、本というのはいつだって都会から発信されてくる、自分とは遠い世界の出来事で、書かれている内容を自分にどれだけひきつけ、中に出てくる登場人物の名を実際の友人のように呼んでみたところで、その向こうで現実の誰かがそれを書いているという実感が乏しかった。そのことがもどかしく、本の世界をより身近に、より確かに感じたくてたまらないという、私はそんな田舎の高校生だった。

そのサイン会は、情報を新聞広告に見つけた途端、いてもたってもいられなくなって、友人を誘ったものだった。開催場所の書店に整理券の予約電話をかけ、会場までの道順を調べる。向かう特急電車も、追加料金の五百円を払って指定席を取る経済的余裕はなく、出発時間のだいぶ前から自由席に並んだ。もし万が一向こうで何かあってもいいように、となけなしの小遣い二万円を財布にしまいこんだ。

進学校と呼ばれる、大学受験を前提にカリキュラムを組まれた高校に通っていた私たちは、ずいぶん遊びに奥手な高校生だったと思う。土日も模試でびっしりと予定が入った高校生活の中で、そのサイン会は、私の、ほとんど唯一の遠出の思い出だ。

ちょうど、神戸であった殺人事件の容疑者として、中学生の少年が逮捕されたという報道があったばかりだった。

あの作家さんは、この報道をどう受け止めただろう、どんな言葉でこのことを語るのだろうか、と行きの車中はそんな話題で持ちきりだった。

若かった。

世の中のほとんどのことは、自分が知る常識の中だけで完結できると信じていた。その上、言葉にして語ってくれる誰かの声を、いつも、干からびた地面に雨を待つような気持ちで、待ちわびていた。

サイン会に向かう前に、花束を買おうという話になり、だけど、いくらぐらいのどんなものを用意すればいいのかわからなくて途方に暮れる。小さいものを一つずつがいいのか、それとも二人でお金を合わせて大きいものを一つ作るのがいいのか。相談の上、大きいもの一つと決めたところで、では、それをどちらが持って渡すのかということで喧嘩になる。

作家の存在をアイドル視したり、仮想恋人《バーチャルラバー》として見ていたわけではないけれど、その前の日、私たちは甲府のデパートをほとんど全部はしごして、何を着ていったらいいのか、必死な思いで服を探した。夕闇迫る商店街の真ん中で、「やっぱり一番最初のお店に戻りたい」と言い出した私に、嫌な顔一つせず、彼女はついてきてくれた。そのことを思い出し、「ごめん」と謝って花束の権利を譲ると、優しい彼女は「じゃあ、ジャンケンで決めようよ」と言ってくれた。

そして、このジャンケンで私は勝ってしまう。申し訳なさでいっぱいになりながらも、「じゃあ」と早々に花束を抱えてしまった自分を、タイムマシンがあったら、戻っていって叱りたい。

必死になって探したわりに、その日に撮った私の写真を見ると、着ている服は消え入りたいほどに自分に似合っていない、背のびした、しかも垢抜《あかぬ》けないもので、本当にあの頃の私は何もわかっていなかったんだな、と思う。学校と家の往復だけで、着るものといったら制服と部屋着くらいしか持っていなかった。しかも、「女子高生ブーム」という言葉に躍らされ、学校の制服とルーズソックスがあれば、それでいつまでも生きていけると思っていた。自分たちだけの特権的なおしゃれに優越感さえ持っていたのだから、若さというのは、本当に傲慢だと思う。

書店に着き、サイン会の列の長さに、まず驚いた。

実際に作家さんのいる部屋に辿り着くまでの間を、一時間近く、階段に並んで待つ。ここにいる人たちみんながファンなのか、と思うと気が遠くなりそうだった。並んだ他の人たちがそれぞれのグループで、作品や、そこに出てくる登場人物について語るのを見るたびに、自分の好きなものが私だけのものではない事実を目の当たりにした衝撃に、嫉妬や寂しさが入り混じった息苦しさを覚えた。友人と話す声がだんだんと途切れていく。

今なら滑稽に思うのだけど、その時の私にとって、読んだ本の世界は、自分のすべてだった。休日もきちきちと通う学校の教室と自宅の、半径数十キロの世界しか知らないはずの私の青春時代は、それぐらい、その人たちの本によって、豊かに満たされていた。読み込むこと、語ることが、どんどん本やフィクションを近くに引き寄せ、それを自分だけのものにしてくれるのだと本気で思い込んでいた。楽しみにしている作家の新刊が出ることがわかると、その何ヵ月も前から、その日に備えてすべての予定を組むような日々だった。

サインに為書きをもらうため、整理券に自分の名前を書く時、生まれて初めて、手が震えるという経験をした。わざとやっているわけじゃないのにどうして⁉と思いながら、ぐにゃぐにゃに歪んだ名前を書く。私たちが二人合わせて用意した花束よりもよほど大きくて立派な花を持つ人たちが、会場にはたくさんいた。

自分の順番が近づき、サインをもらった時の記憶が、ほとんどない。

花束を渡し、どうにか何か話がしたいと思うけど、緊張しすぎて、何も話せなかった。大好きです、とか、くり返し何度も読んでいます、とか、言葉が浮かぶ端から次々、バカみたいに思えて消えていって、最後にどうにか勇気を振り絞って「握手してください」とお願いした。

顔を上げた作家さんが一瞬戸惑ったように見えて、言わなきゃよかった！　と絶望しかけたところに、「いいですよ」と微笑んでくださった時の安堵と感動は、言葉にならない。右手を出して、握手してくださった。

全部が夢の中のように現実感がなく、気づくと、サインを終えた本を手に、サイン会の様子を遠巻きに眺めていた。私の一つ前の順番でサインをもらった友人が「いいなあ、私、握手してもらわなかったよ」と言いながら、同じく本を胸に抱いている。

一度、作家さんが休憩に入り、再び戻ってきた時に、横にいた書店員さんが「ここからは握手はご遠慮ください」と言うのを聞いて、では握手をしてもらったのは自分だけかも、と気づく。そこで喜べるくらい気持ちが強い人間ならよかったのだが、作家さんにも書店さんにも迷惑だったのかもしれないと、心臓が痛くなり、居たたまれなくなってくる。だけど、それでもまだ姿を見ていたくて、迷惑なのを承知で図々しく居残り続けた。

途中、年配の書店員さんが「どこから来たの」と話しかけてくれて、「山梨です」と答えると、すごく驚かれ、それから「サイン、きちんともらえた？　整理券、完売してたみたいだし、もし見てるだけだったらかわいそうだ」と心配してもらう。「大丈夫です、きちんともらえました」と答えて、あわててようやく、その場を去った。帰りの電車の時間が近づいていた。

夕ご飯も食べずに電車に乗り、サイン本を手に何枚も何枚も、互いに写真を撮る。嬉しく、興奮していた。かっこよかった、かっこよかった、と何度も話す。

途中の駅で、友人が先に降りる時、彼女から「ねえ、どんな作家になるのが理想？」と聞かれた。

自分が小説を書いていることは、すでに伝えてあった。素人の書いた、レポート用紙のつたない文章の束を、彼女を始めとする何人かの友人が読んでくれていた。今見返してみても、当時の文章なんて使い物にならないものが多かったと思うのに、彼女たちは、私に「きっとプロになれるよ」と言ってくれた。「続きが読みたい」と、書き続けることを許してくれた。

私は、フィクションの向こう側に行きたかった。作り手の側から、本の世界にかかわりたかった。

自分の名前や小説が刷られてインクの匂いを帯びることに憧れながら、だけどそんな日が来ることがまるで想像できなかった。

その時、彼女にこう答えた。

新刊を楽しみにしてもらえる作家になりたい。

そしてもう一つ。

自分の知らないところで、誰かが私の小説について語ってくれているところを見られたら、死んでもいい。今日、サイン会で並んでいる時に見たように。

私の答えを聞いて、彼女は「いいね」と笑った。「サイン会、誘ってくれてありがとう」と言って、電車を降りた。

若さというのは傲慢だ。私は、その後、自分が彼女と疎遠になってしまう日が来るなんて、考えもしなかった。

私が人生で抱える、大きな後悔の一つだ。その後、自分が作家になれた時、私は、彼女にその報告ができる立場に、もうなかった。

後悔はたくさんあって、いろんなものを得たり、失ったりしながら作家になり、小説を書いてきた。それでも、小説というものが自分にあってよかったと思う。失ったものもあるけれど、それでも小説を通じて、私の人生が得たものは計り知れないほどに大きい。読んで、書いてきたから、今日まで生きてこられた。

作家になった私のペンネームは、作家の綾辻行人さんから勝手に一字いただいている。それは私が綾辻さんの大ファンだからだ。デビューのきっかけとなったメフィスト賞に投稿してみようと思ったのも、綾辻さんと同じレーベルから本が出せると思ったからこそだった。

ミーハーなようで恐縮だが、当時、ノベルスという舞台で活躍され、私が影響を受けた人をさらに二人挙げるとするならば、田中芳樹さんと京極夏彦《きょうごくなつひこ》さんということになろうかと思う。田中さんは、私にノベルスという判型を選んで手に取らせることになった方だから。そして、京極さんは、私が十七歳の時、サイン会で握手してもらったその人だからだ。

作家デビューが決まり、生まれて初めて、担当の編集者に会うため出版社という場所に行った。

当時OLをしながら小説を書いていた私は、土日しか時間が自由にならず、二月のとある土曜日に、人がまばらにしか出勤してきていないフロアを訪ねた。応対してくれた編集者から「昨日、直木賞のパーティーがあったので、あまり寝ていなくて」と言われて背筋が伸びた。その年、二〇〇三年下半期の直木賞受賞者の一人は、京極夏彦さん。ニュースですでに知っていた。

まるで雲の上のような話だと思うと同時に、こうも思った。この人は京極さんに会ったことがある。間に一人、人を挟んだところで京極さんや綾辻さんにつながれる、そういう世界に来られたのだと。

よろしくお願いします、と頭を下げた。

デビューして数冊の本を出し、ポツポツと感想のお手紙をいただけるようになった頃、サイン会をしませんか、というお話をいただいた。

開催した東京駅近くの書店には、滋賀や、福岡から来ました、という方もいて、改めて、サイン会をさせてもらえたことに感謝する。新人に毛が生えた程度の私のサイン会は、その版元だけではなく、他社で担当してくれていた編集者や友人も多数列に並び、それでどうにか券が完売に近い状態になっていた。その上で、担当してくれた編集者は、私にあくまで「盛況ですね」と微笑んでくれていた。

中に、友達同士で来てくれた高校生の女の子二人組の姿があって、彼女たちが一時間近く並んでくれたという列が連なる階段の方向を、ふっと仰いだ。

開かれた本の見返しページに書いた、自分の名前のサインを見て、私、「辻村深月」でよかったなあ、と思う。

新刊を楽しみにしています、と何人かから、声をかけてもらう。

サイン会は、開催するごとにだんだんと列から編集者や友人の姿が消え、光栄なことに地方にも何回か行かせてもらった。「うちの県にも来てください」というお手紙をもらったことがあって、それが、とても嬉しかった。

仕事がだんだんと軌道に乗り、勤めていた会社を辞めて、専業作家に。故郷の山梨を離れて、上京する。

作家として生活していく中で、幸運なことに、憧れていた作家さんたちと仕事で同席したり、ご挨拶する機会を得る。自分が影響を受けたもの、自分の小説を作るきっかけになった人たちに直接お礼を言える私は幸せものだ。彼らから「同業者」と呼んでもらえるたびに、その呼び名に応えられるだけの仕事を返していけたらと思う。

直木賞受賞の報を受け、驚きながら慌ただしく支度して会見場に向かう途中のタクシーの中で、綾辻さんから携帯に、「おめでとう」というメールが入った。

会見場に着くと、担当編集者や友人の姿と並んで、京極夏彦さんの姿があった。

胸が詰まり、口が利けなくなりそうだったところに、「おめでとう」と握手のための手が差し出され、その手を握った瞬間に、気持ちが十七歳の頃に巻き戻されていく思いがした。

記者会見の席で、私は、今回の受賞を「読者につれてきてもらった」と答えた。誇張ではない。デビューしてから今日まで、読者が私の小説を、私の知らない場所で楽しんでくれている気配を、幸運なことに何度も何度も感じる瞬間に恵まれた。

コウちゃんが、環《たまき》が、浅葱が、徳川が、アンが、ふみちゃんが――。

私の小説の登場人物を、まるで自分の友人のように呼んでくれるのを、何回も聞けた。そのたび「死んでもいい」と思いながら、だけど、まだまだたくさん、自分のものを読んでほしい、見ていてほしいという欲求に耐えられず、今日もそれらの声を糧に、生きて、小説を書いている。

作家になり、かつて憧れていたフィクションの向こう側に来た今だからわかることがある。

読者が作者以上に、その作品や、登場人物を愛することはある。自分が書いた以上のものを読者がそこに見ることは多分あるし、その意味で、作品は読者を絶対に裏切らない。そんな小説を、これからも送り出していきたいと思う。

私を生かしてくれた小説とフィクションは、そういう、とても優しい世界だった。私をここまでつれてきてくれて、ありがとう。この恩に報いる道を、私はこの場所から一生かけて探していく。

あとがき

本書『図書室で暮らしたい』は、二〇一三年七月から十二月まで日本経済新聞夕刊の「プロムナード」というエッセイ欄に連載された文章を中心に、二〇一一年以降に私があちこちで書いた文章をまとめたエッセイ集です。

毎週のエッセイ連載は私にとっても初めての経験で、最初は緊張していたのですが、徐々にその時でなければ書けないことを好きなように書いていくリズムができあがり、今読み返すと、文章の中でゆるやかに流れている時間が感慨深いです。

新聞連載は読んでくださる方も多く、連載中はさまざまに反響をいただきました。最初はあんまり書きたくない、と思っていた育児について、同じような立場のお母さんたちから「わかります!」と共感の声をかけてもらったこと。子どもの連絡帳のやり取りをしている保育園の先生たちから、連載が終わった後で、「実は読んでいたんですけど、私たちが読んでいるとわかると思いきり書けないかもしれないから黙っていました」とこっそり声をかけてもらったこと。

瀬戸内海のおばちゃんたちが、文章を読んでとても喜んでくれていたらしいこと。読んでくださったみなさんに、感謝しています。

グアム旅行のことを書いた『なみせん』は、その後、とある県で高校入試の問題に使っていただき、「この時の〝私〟の気持ちを答えましょう」と設問にあるのを、「〝私〟って、私のこと⁉」と妙に照れくさく見たことを覚えています。

また、東京會舘とのご縁について書いた文章をきっかけに、東京會舘の歴史についての小説『東京會舘とわたし』を書かせてもらえることになりました。こちらは連載をすでに終え、来年に刊行予定。あわせて読んでいただけるととても嬉しいです。

収録された他のエッセイについては、我ながらとりとめのない日記のようでもあって恐縮ですが、本書を手に取ってくださった方が、何かひとつでも印象に残る言葉や文章を見つけてくださったら、こんなに嬉しいことはありません。

本書のタイトルは、漫画家の雨隠《あまがくれ》ギドさんから文庫版『ネオカル日和《びより》』の装画案を送っていただいたときに添えられていた言葉を使わせていただきました。図書室で暮らす、という魅力的な発想に心がときめき、子ども時代の自分の憧れが共鳴するようで、なんて素敵な言葉だろう！とそのままタイトルにいただきました。ご快諾いただいた雨隠さん、ありがとうございました。

そして、そのタイトルに呼応するような素敵な装幀を手掛けてくださったブックデザイナーの名久井《なくい》直子《なおこ》さんと、アーティストの井上涼《いのうえりよう》さんにも、心から感謝を！　普通は住めるようにできていない図書室という場所を、お二人が少しでも私が暮らしやすいようにとカバーの中で住環境を整えてくださった様子が伝わってきて、私は本当に幸せ者だなぁと思います。夢を叶えていただき、ありがとうございました。

手に取ってくださった読者のみなさま、これからも、どうぞよろしくお願いいたします。

二〇一五年十一月　　　　辻村深月

文庫版あとがき

本書は『ネオカル日和《びより》』に続く、私の二冊目のエッセイ集です。二〇一五年に単行本が刊行され、約五年の歳月を経てこのたび文庫になりました。

『ネオカル日和』が、自分の好奇心のままに好きな人に会いに行ったり、興味のある場所を訪れたり、どちらかといえば外に〝出かける〟感の強いエッセイ集だったのに対して、『図書室で暮らしたい』は小説家としての自分が何を好きなのか、じっくり軸足を固定しての日々を描いたエッセイになった気がしています。今、刊行から数年経ってタイトルを見返すと、そのあたりの感覚も、「図書室」という表現には絶妙にしっくりくるなぁと感じております。

今回、その私の心の「図書室」を皆川明《みながわあきら》さんに挿画として描いていただきました。皆川さんがデザインされる minä perhonen のお洋服が大好きで、この本の中で触れた多くの出来事の中でも、私は minä のワンピースやシャツを着ていました。賞のパーティーのような華やかな場所から、家族との海へのお出かけ、ジャムを煮る日々にいたるまで、さまざまな場面で身に着けることで、自分がそれらの服に守ってもらえてきた、と感じられることがこれまでたくさんありました。そんな皆川さんの描きおろし挿画。秘密のメッセージのように隠された自分の名前を見て、こんな贅沢が許されてよいのだろうか、と胸が震えました。心より深く感謝申し上げます。ありがとうございました。

単行本の際に井上涼《いのうえりよう》さんに描いていただいた「図書室」が、小学校の時に初めて足を踏み入れた際の、にぎやかでいろんなものがぎっちり詰まった宝箱のような空間だったとすれば、今回、文庫で皆川さんに描いていただいた「図書室」は、自分の好きなものを大事にしまい込んでひっそりと時を過ごすとっておきの場所、という気がしていて、心に持つ「図書室」への二つのイメージを、現代の天才であるお二人にそれぞれの角度から表現していただけたことに幸せを感じています。

皆川さんに描いていただいた鳥の翼に広がる、「library」と「liberty」の文字に、どこでどんな時を過ごしていても、私たちの心は常に自由なのだと、二〇二〇年の夏を過ごしながら、勇気をもらっています。

本書の中の「『輪《まわ》るピングドラム』のこと」で触れた一九九五年や二〇一一年を超えて、この未来が訪れる気配もなかった日々の中で書いたエッセイは、どれもその時でなければ書けなかったものだと感じています。今はまだ存在しない、この先に私が書く文章もきっとそうなのでしょう。その都度、言葉をこのような形で残していける作家という職業は改めてとても不思議で、そして、時に怖くもあるけれど、非常に幸せな職業だと思っています。

単行本のあとがきで書いた『東京會舘とわたし』はその後無事に刊行され、現在は文春文庫で読むことができます。現在、東京會舘に結婚式を申し込みにいらっしゃる方の中には、光栄にも「この本を読んで会場を決めました」と来てくださる方も多いのだとか。本当にありがとうございます。

装画を手掛けてくださった皆川さんのお洋服については、皆川さんのご著書『ミナを着て旅に出よう』（文春文庫）の解説の中でも詳しく書かせていただいています。こちらも、皆川さんのものづくりに対する姿勢がよくわかるとてもよい本なので、もしよければあわせて読んでいただけたら。

そして、いつも、素敵な装幀を手掛けてくださる名久井直子《なくいなおこ》さん。今回の挿画の皆川さんも、単行本挿画の井上さんも、私が自分からお願いするには憧れが過ぎて「だって、断られたら失うものが多すぎるじゃないですか！」と臆してしまうところを、いつも軽やかに〝だっていい本にしたいでしょう？〟とばかりに飛び越えてくださるその姿勢に尊敬と憧れを覚えています。大好きです。ありがとうございます。

加えて、本書を担当してくれた講談社の丸岡愛子《まるおかあいこ》さんと落合萠衣《おちあいめい》さんにも心より感謝を。

丸岡さんとは早いものでもう十年以上のお付き合いに。これまでいろんな場面でさまざまに助けてくださり、エッセイ集を出しましょう、というご提案をしてくださったのもそもそも丸岡さんでした。いつも本当にありがとう。また、落合さんは中学生（！）の時から、私の小説を読んでいてくださったと知り、デビューしてから今日までの歳月に思いを馳《は》せました。自分の本を読んで育ってくれた世代とお仕事ができるようになるなんて、作家を続けてきて、本当によかったです。

最後に読者の方々に、重ねて感謝を。

皆様、これからも、どうぞよろしくお願いいたします。

二〇二〇年八月

辻村深月

初出一覧

Ⅰ　週刊エッセイ
「日本経済新聞」夕刊　プロムナード・二〇一三年七月二日〜二〇一三年十二月二十四日

Ⅱ　好きなものあっちこっちめぐり――本と映画、漫画やアニメ、音楽も。
犬と恐怖の記憶　「野性時代」二〇一四年一月号・KADOKAWA
色つきの一週間　「飛ぶ教室」第二十九号（二〇一二年春）・光村図書出版
お姫様のゼリー　「本の旅人」二〇一三年五月号・KADOKAWA
「モモちゃん」から「赤ちゃん」へ　「女性セブン」二〇一五年六月十一日号・小学館
〝公共〟の『ウォーリー』　「PHPのびのび子育て」二〇一三年十二月号・PHP研究所
始さんの年も越えて　「メフィスト」二〇一二年VOL.1・講談社
『屍鬼』と旅する　「週刊朝日」二〇一三年一月四日－十一日合併号・朝日新聞出版
「権威のこちら側」の『ジョジョ』
『ジョジョの奇妙な冒険　第3部　スターダスト　クルセイダース　総集編　Vol.3』解説・集英社
ジーザスとユダ　光と影
二〇一五年「ジーザス・クライスト=スーパースター」公演パンフレット・劇団四季

『輪るピングドラム』のこと　『「輪るピングドラム」公式完全ガイドブック 生存戦略のすべて』・幻冬舎
こわい漫画　「Mei（冥）」二〇一四年第四号・KADOKAWA
世界とつながる　「小説すばる」二〇一四年十月号・集英社
望み叶え給え　「オール讀物」二〇一五年七月号・文藝春秋
リリイだけがリアル　「小説すばる」二〇一三年九月号・集英社
国民的ドラマを愛せる幸せ　『相棒 season12 上』解説・朝日新聞出版
本の向こう側からの手紙　「オール讀物」二〇一三年五月号・文藝春秋
お礼の言葉　「紡」二〇一三年五月号・実業之日本社

Ⅲ　女子と育児と、もろもろの日々
初めてのカツカレー　「朝日新聞」二〇一二年三月十日
幸福のスパイス　「朝日新聞」二〇一二年三月十七日
あの子が消えませんように　「朝日新聞」二〇一二年三月二十四日
おにぎりとの再会　「朝日新聞」二〇一二年三月三十一日
二色ムースのしあわせ　「asta*」二〇一五年三月号・ポプラ社
味のないオレンジジュース　「yom yom」vol.27 二〇一三年冬号・新潮社
驚きの豆腐　「IN★POCKET」二〇一三年十二月号・講談社
女子と文庫　角川文庫創刊六十五周年記念小冊子・KADOKAWA
きもののススメ　「美しいキモノ」別冊「いろはにキモノ」二〇一三年 vol.2・ハースト婦人画報社
成人式の日　「西日本新聞」二〇一五年一月十二日

〝ジャイアン〟の男気　「野性時代」二〇一三年七月号・KADOKAWA
輝ける花　「Oggi」二〇一三年四月号別冊付録・小学館
「大丈夫」「大丈夫じゃない」『家族の練習問題～木陰の物語～5〝過去も、未来も〟』
二〇一三年十月十五日発行号・ホンブロック
かけがえのない場所　「広報」二三七号（二〇一四年度第一号）・東京都公立保育園研究会
紙に帯びる歴史　「週刊文春」二〇一三年七月四日号・文藝春秋
「岡島」の本屋さん　『別冊本の雑誌17　本屋の雑誌』・本の雑誌社
遠く、離れていても　「週刊文春」二〇一四年六月二十六日号・文藝春秋
「大人の薦める本」「讀賣新聞」朝刊　HONライン倶楽部・二〇一四年六月二十二日
出さない手紙　「ku:nel」vol.72　二〇一五年三月号・マガジンハウス
いじめられている君へ　「朝日新聞」・二〇一二年七月二十八日
マムシの記憶　「飛ぶ教室」第四十一号（二〇一五年春）・光村図書出版
うちの子へ　「飛ぶ教室」第三十六号（二〇一四年冬）・光村図書出版
作家になって十年　「文藝春秋」二〇一五年四月号・文藝春秋

Ⅳ　特別収録

おじいちゃんと、おひさまのかおり
『瀬戸内ゴーランド　瀬戸内しまのわをめぐる13の読み物』・studio-L

V　自作解説（というほどではないけれど、思うことあれこれ）

ありがと、徳川　「週刊読書人」二〇一五年七月三十一日・読書人
チャレメの記憶　「小説宝石」二〇一二年四月号・光文社
「当たり前」を届ける仕事　「日本経済新聞」二〇一四年十月十一日
藍色を照らす光　書き下ろし
階段をのぼる時　「メフィスト」二〇一〇年 VOL.2・講談社
不意打ちのタイムスリップ　「メフィスト」二〇〇八年五月号・講談社
タイトルの勇気　「メフィスト」二〇〇九年 VOL.3・講談社
「大好きだけど、大っ嫌い」「本」二〇一四年十一月号・講談社

VI　直木賞に決まって

夏の帰り道　「朝日新聞」二〇一二年七月二十三日
豊かに、近く　「山梨日日新聞」二〇一二年七月二十三日（共同通信配信）
雷の足止め　「東京新聞」二〇一二年八月二十一日
その子と、友達に戻った　「産経新聞」二〇一二年九月九日
十七歳のサイン会　「オール讀物」二〇一二年九月号・文藝春秋

本書は二〇一五年一一月、小社より単行本として刊行されました。

|著者|辻村深月　1980年2月29日生まれ。山梨県出身。千葉大学教育学部卒業。2004年に『冷たい校舎の時は止まる』で第31回メフィスト賞を受賞しデビュー。『ツナグ』で第32回吉川英治文学新人賞、『鍵のない夢を見る』で第147回直木三十五賞を受賞。2018年には、『かがみの孤城』が第15回本屋大賞で第1位に選ばれた。その他の著作に、『ぼくのメジャースプーン』『スロウハイツの神様』『ハケンアニメ!』『朝が来る』『傲慢と善良』『琥珀の夏』などがある。

図書室《としょしつ》で暮《く》らしたい

辻村深月《つじむらみづき》

2020年10月15日第1刷発行
2023年9月11日第9刷発行

発行者――髙橋明男
発行所――株式会社　講談社
東京都文京区音羽2-12-21　〒112-8001
電話　出版　(03)　5395-3510
　　　販売　(03)　5395-5817
　　　業務　(03)　5395-3615

Printed in Japan

講談社文庫
定価はカバーに
表示してあります

KODANSHA

デザイン―菊地信義
本文データ制作―講談社デジタル製作
印刷―――株式会社KPSプロダクツ
製本―――株式会社KPSプロダクツ

ISBN978-4-06-521314-8

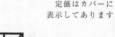

講談社文庫刊行の辞

二十一世紀の到来を目睫に望みながら、われわれはいま、人類史上かつて例を見ない巨大な転換期をむかえようとしている。

世界も、日本も、激動の予兆に対する期待とおののきを内に蔵して、未知の時代に歩み入ろうとしている。このときにあたり、創業の人野間清治の「ナショナル・エデュケイター」への志を現代に甦らせようと意図して、われわれはここに古今の文芸作品はいうまでもなく、ひろく人文・社会・自然の諸科学から東西の名著を網羅する、新しい綜合文庫の発刊を決意した。

激動の転換期はまた断絶の時代である。われわれは戦後二十五年間の出版文化のありかたへの深い反省をこめて、この断絶の時代にあえて人間的な持続を求めようとする。いたずらに浮薄な商業主義のあだ花を追い求めることなく、長期にわたって良書に生命をあたえようとつとめるところにしか、今後の出版文化の真の繁栄はあり得ないと信じるからである。

同時にわれわれはこの綜合文庫の刊行を通じて、人文・社会・自然の諸科学が、結局人間の学にほかならないことを立証しようと願っている。かつて知識とは、「汝自身を知る」ことにつきていた。現代社会の瑣末な情報の氾濫のなかから、力強い知識の源泉を掘り起し、技術文明のただなかに、生きた人間の姿を復活させること。それこそわれわれの切なる希求である。

われわれは権威に盲従せず、俗流に媚びることなく、渾然一体となって日本の「草の根」をかたちづくる若く新しい世代の人々に、心をこめてこの新しい綜合文庫をおくり届けたい。それは知識の泉であるとともに感受性のふるさとであり、もっとも有機的に組織され、社会に開かれた万人のための大学をめざしている。大方の支援と協力を衷心より切望してやまない。

一九七一年七月

野間省一

講談社文庫　目録

長浦　京　赤《セキ》　刃《ジン》
長浦　京　リボルバー・リリー
長浦　京　マ ー ダ ー ズ
中脇初枝　世界の果てのこどもたち
中脇初枝　神の島のこどもたち
中村ふみ　天空の翼　地上の星
中村ふみ　砂の城　風の姫
中村ふみ　月の都　海の果て
中村ふみ　雪の王　光の剣
中村ふみ　永遠《とわ》の旅人　天地の理《ことわり》
中村ふみ　大地の宝玉　黒翼《こくよく》の夢
中村ふみ　異邦の使者　南天の神々
夏原エヰジ　C o c o o n〈修羅の目覚め〉
夏原エヰジ　C o c o o n 2〈蠱惑の焔〉
夏原エヰジ　C o c o o n 3〈幽世の祈り〉
夏原エヰジ　C o c o o n 4〈宿縁の大樹〉
夏原エヰジ　C o c o o n 5〈瑠璃の浄土〉
夏原エヰジ　連 理 の 宝〈C o c o o n外伝〉
夏原エヰジ　C o c o o n〈京都・不死篇—蠢《しゅん》—〉

夏原エヰジ　C o c o o n〈京都・不死篇2—疼《とう》—〉
夏原エヰジ　C o c o o n〈京都・不死篇3—愁《しゅう》—〉
夏原エヰジ　C o c o o n〈京都・不死篇4—嗄《か》—〉
夏原エヰジ　C o c o o n〈京都・不死篇5—巡《めぐる》—〉
長岡弘樹　夏の終わりの時間割
ナ ガ ノ　ちいかわノート
西村京太郎　華麗なる誘拐
西村京太郎　寝台特急《メモリー・トレイン》「日本海」殺人事件
西村京太郎　十津川警部　帰郷・会津若松
西村京太郎　特急《アリバイ・トレイン》「あずさ」殺人事件
西村京太郎　十津川警部の怒り
西村京太郎　宗谷本線殺人事件
西村京太郎　奥能登に吹く殺意の風
西村京太郎　特急《スーサイド・トレイン》「北斗1号」殺人事件
西村京太郎　十津川警部　湖北の幻想
西村京太郎　九州特急「ソニックにちりん」殺人事件
西村京太郎　東京・松島殺人ルート
西村京太郎　新装版　殺しの双曲線
西村京太郎　新装版　名探偵に乾杯

西村京太郎　南伊豆殺人事件
西村京太郎　十津川警部　青い国から来た殺人者
西村京太郎　新装版　天使の傷痕
西村京太郎　新装版　D機関情報
西村京太郎　十津川警部　猫と死体はタンゴ鉄道に乗って
西村京太郎　韓国新幹線を追え
西村京太郎　北リアス線の天使
西村京太郎　十津川警部　長野新幹線の奇妙な犯罪
西村京太郎　上野駅殺人事件
西村京太郎　京都駅殺人事件
西村京太郎　沖縄から愛をこめて
西村京太郎　十津川警部「幻覚」
西村京太郎　函館駅殺人事件
西村京太郎　東京駅殺人事件
西村京太郎　内房線の猫たち〈異説里見八犬伝〉
西村京太郎　長崎駅《ナガサキ・レディ》殺人事件
西村京太郎　十津川警部　愛と絶望の台湾新幹線
西村京太郎　西鹿児島駅殺人事件
西村京太郎　札幌駅殺人事件

講談社文庫　目録

西村京太郎　十津川警部　山手線の恋人
西村京太郎　仙台駅殺人事件
西村京太郎　七人の証人〈新装版〉
西村京太郎　十津川警部　両国駅3番ホームの怪談
西村京太郎　午後の脅迫者〈新装版〉
西村京太郎　びわ湖環状線に死す
西村京太郎　ゼロ計画《プラン》を阻止せよ〈左文字進探偵事務所〉
仁木悦子　猫は知っていた〈新装版〉
新田次郎　新装版　聖職の碑《いしぶみ》
日本文芸家協会編　愛染夢灯籠〈時代小説傑作選〉
日本推理作家協会編　犯人たちの部屋〈ミステリー傑作選〉
日本推理作家協会編　隠された鍵〈ミステリー傑作選〉
日本推理作家協会編　Play《プレイ》推理遊戯〈ミステリー傑作選〉
日本推理作家協会編　Doubt《ダウト》きりのない疑惑〈ミステリー傑作選〉
日本推理作家協会編　Bluff《ブラフ》騙し合いの夜〈ミステリー傑作選〉
日本推理作家協会編　ベスト8ミステリーズ2015
日本推理作家協会編　ベスト6ミステリーズ2016
日本推理作家協会編　ベスト8ミステリーズ2017
日本推理作家協会編　2019ザ・ベストミステリーズ
日本推理作家協会編　2020ザ・ベストミステリーズ
二階堂黎人　ラン迷宮〈二階堂蘭子探偵集〉
二階堂黎人　増加博士の事件簿
二階堂黎人　巨大幽霊マンモス事件
新美敬子　猫のハローワーク
新美敬子　猫のハローワーク2
新美敬子　世界のまどねこ
西澤保彦　新装版　七回死んだ男
西澤保彦　人格転移の殺人
西澤保彦　夢魔の牢獄
西村　健　ビンゴ
西村　健　地の底のヤマ(上)(下)
西村　健　光陰の刃《やいば》(上)(下)
西村　健　目撃
楡　周平　修羅の宴(上)(下)
楡　周平　バルス
楡　周平　サリエルの命題
西尾維新　クビキリサイクル〈青色サヴァンと戯言遣い〉
西尾維新　クビシメロマンチスト〈人間失格・零崎人識〉
西尾維新　クビツリハイスクール〈戯言遣いの弟子〉
西尾維新　サイコロジカル(上)〈兎吊木垓輔の戯言殺し〉(下)〈曳かれ者の小唄〉
西尾維新　ヒトクイマジカル〈殺戮奇術の匂宮兄妹〉
西尾維新　ネコソギラジカル(上)〈十三階段〉
西尾維新　ネコソギラジカル(中)〈赤き征裁vs.橙なる種〉
西尾維新　ネコソギラジカル(下)〈青色サヴァンと戯言遣い〉
西尾維新　ダブルダウン勘繰郎《かんくろう》　トリプルプレイ助悪郎《スケアクロウ》
西尾維新　零崎双識の人間試験
西尾維新　零崎軋識《ぜろざききししき》の人間ノック
西尾維新　零崎曲識の人間人間
西尾維新　零崎人識の人間関係　匂宮出夢との関係
西尾維新　零崎人識の人間関係　無桐伊織との関係
西尾維新　零崎人識の人間関係　零崎双識との関係
西尾維新　零崎人識の人間関係　戯言遣いとの関係
西尾維新　xxxHOLiC　アナザーホリック　ランドルト環《かん》エアロゾル
西尾維新　難民探偵
西尾維新　少女不十分
西尾維新　本題〈西尾維新対談集〉
西尾維新　掟上今日子《おきてがみきょうこ》の備忘録

西尾維新　掟上今日子の推薦文
西尾維新　掟上今日子の挑戦状
西尾維新　掟上今日子の遺言書
西尾維新　掟上今日子の退職願
西尾維新　掟上今日子の婚姻届
西尾維新　掟上今日子の家計簿
西尾維新　掟上今日子の旅行記
西尾維新　新本格魔法少女りすか
西尾維新　新本格魔法少女りすか2
西尾維新　新本格魔法少女りすか3
西尾維新　新本格魔法少女りすか4
西尾維新　人類最強の初恋
西尾維新　人類最強の純愛
西尾維新　人類最強のときめき
西尾維新　人類最強の sweetheart
西尾維新　りぽぐら！
西尾維新　悲鳴伝
西尾維新　悲痛伝
西尾維新　悲惨伝

西尾維新　悲報伝
西村賢太　どうで死ぬ身の一踊り
西村賢太　夢魔去りぬ
西村賢太　藤澤清造追影
西村賢太　瓦礫の死角
西川善文　ザ・ラストバンカー〈西川善文回顧録〉
西川　司　向日葵《ひまわり》のかっちゃん
西　加奈子　舞台
丹羽宇一郎　民主化する中国〈習近平がいま本当に考えていること〉
貫井徳郎　新装版 修羅の終わり(上)(下)
貫井徳郎　妖奇切断譜
額賀　澪　完パケ！
A・ネルソン　「ネルソンさん、あなたは人を殺しましたか？」
法月綸太郎　法月綸太郎の冒険
法月綸太郎　新装版 密閉教室
法月綸太郎　怪盗グリフィン、絶体絶命
法月綸太郎　怪盗グリフィン対ラトウィッジ機関
法月綸太郎　キングを探せ
法月綸太郎　名探偵傑作短篇集 法月綸太郎篇

法月綸太郎　新装版 頼子のために
法月綸太郎　誰《たそ》彼《がれ》〈新装版〉
法月綸太郎　法月綸太郎の消息
法月綸太郎　雪密室〈新装版〉
乃南アサ　不発弾
乃南アサ　地のはてから(上)(下)
乃南アサ　チーム・オベリベリ(上)(下)
野沢　尚　破線のマリス
野沢　尚　深紅
野村克也／宮本慎也　師弟
乗《のり》代《しろ》雄《ゆう》介《すけ》　十《じゅう》七《しち》八《はち》より
乗代雄介　本物の読書家
乗代雄介　最高の任務
橋本　治　九十八歳になった私
原田泰治　わたしの信州
原田泰治／原田武雄　泰治が歩く〈原田泰治の物語〉
林　真理子　みんなの秘密
林　真理子　ミスキャスト
林　真理子　ミルキー

講談社文庫 目録

講談社文庫　目録

堀江敏幸　熊の敷石
本格ミステリ作家クラブ編　ベスト本格ミステリ TOP5〈短編傑作選002〉
本格ミステリ作家クラブ編　ベスト本格ミステリ TOP5〈短編傑作選003〉
本格ミステリ作家クラブ編　ベスト本格ミステリ TOP5〈短編傑作選004〉
本格ミステリ作家クラブ選・編　本格王2019
本格ミステリ作家クラブ選・編　本格王2020
本格ミステリ作家クラブ選・編　本格王2021
本格ミステリ作家クラブ選・編　本格王2022
本格ミステリ作家クラブ選・編　本格王2023
本多孝好　君の隣に
本多孝好　チェーン・ポイズン〈新装版〉
穂村　弘　整形前夜
穂村　弘　ぼくの短歌ノート
穂村　弘　野良猫を尊敬した日
堀川アサコ　幻想郵便局
堀川アサコ　幻想映画館
堀川アサコ　幻想日記店
堀川アサコ　幻想探偵社
堀川アサコ　幻想温泉郷

堀川アサコ　幻想短編集
堀川アサコ　幻想寝台車
堀川アサコ　幻想蒸気船
堀川アサコ　幻想商店街
堀川アサコ　幻想遊園地
堀川アサコ　魔法使ひ
堀川アサコ　メゲるときも、すこやかなるときも
本城雅人　境界〈横浜中華街・潜伏捜査〉
本城雅人　スカウト・デイズ
本城雅人　スカウト・バトル
本城雅人　嗤うエース
本城雅人　贅沢のススメ
本城雅人　誉れ高き勇敢なブルーよ
本城雅人　シューメーカーの足音
本城雅人　ミッドナイト・ジャーナル
本城雅人　紙の城
本城雅人　監督の問題
本城雅人　去り際のアーチ〈もう一打席！〉
本城雅人　時代

本城雅人　オールドタイムズ
堀川惠子　裁かれた命〈死刑囚から届いた手紙〉
堀川惠子　死刑の基準〈「永山裁判」が遺したもの〉
堀川惠子　永山則夫〈封印された鑑定記録〉
堀川惠子　教誨師
堀川惠子　戦禍に生きた演劇人たち〈演出家・八田元夫と「桜隊」の悲劇〉
堀川惠子・小笠原信之　チンチン電車と女学生〈1945年8月6日・ヒロシマ〉
誉田哲也　Q《キ》r《ュ》o《ロ》s《ス》の女
松本清張　草の陰刻
松本清張　黄色い風土
松本清張　黒い樹海
松本清張　ガラスの城
松本清張　殺人行おくのほそ道(上)(下)
松本清張　邪馬台国　清張通史①
松本清張　空白の世紀　清張通史②
松本清張　カミと青銅の迷路　清張通史③
松本清張　天皇と豪族　清張通史④
松本清張　壬申の乱　清張通史⑤
松本清張　古代の終焉　清張通史⑥

2023年6月15日現在